KB267374

여든이 마흔에게

여든이 마흔에게

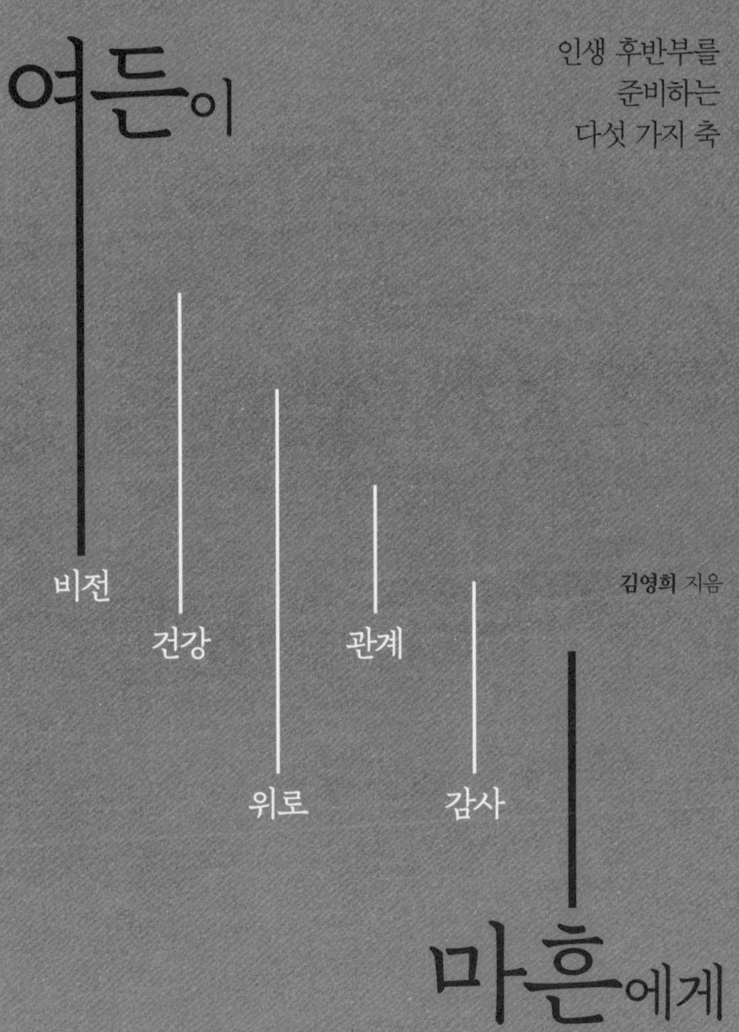

여든이
인생 후반부를
준비하는
다섯 가지 축
비전
건강
관계
위로
관계
감사
김영희 지음
마흔에게
W미디어

여든이 되니 비로소 삶이 조금 보입니다

마흔에 문학의 길로 들어선 후, 제 마음에 새로운 창이 열렸습니다. 그즈음에 저는 엄마로서 아내로서 맏며느리로서 집안 살림을 감당하는 한편, 직장인으로서 바쁘게 살았습니다. 제가 설 자리도 어중띤 채 힘들게 살다 보니 마음속은 빈 우물 같았습니다.

'나는 누구인가', '어떻게 살아야 하는가' 하는 물음에 방향 감각을 곤추 세워야 했지요. 마음의 허기를 글쓰기로 달래고 존재감을 확인하며 조금씩 삶을 가꿔 나갔습니다. 제 앞에 주어진 삶을 살아내며 쉼 없이 달리노라니 세월은 참 빠르게 여기까지 저를 데려왔습니다.

여든의 저는 또 다른 길 앞에 섰습니다. 남편을 여읜 후 건강 문제를 안고 고민하며 자연치유와 힐링 푸드 테라피에 눈을 돌렸습니다. AI 시대에 걸맞는 멋진 인생 설계를 할 수 있는 만다라차트 공인 코치 자격증을 취득하여서 스스로를 새롭게 설계해 나가려고 노력합니다. 지나온 세월을 돌아보니, 삶은 주어진 시간 안에서 내가 만든 선택들의 연속이었습니다. 감당할 수 있는 만큼만 열심히 하며, 부족한 부분을 다듬고 채워가는 여정을 즐길 수 있으면 괜찮게 익어가는 삶이 아닐까요?

어느 누구의 삶이든 예상치 못한 고비와 문제가 찾아옵니다. 그러나 문제만큼 해답도 반드시 있습니다. 중요한 것은 나 자신을 돌아보고, 무엇이 문제인지 바라볼 줄 아는 지혜입니다. 그리고 그 방향성에 맞게 작은 것부터 실천해 나가는 용기입니다.

인생 후반부를 준비하는 축으로 '비전, 건강, 위로, 관계, 감사' 이 다섯 가지에 관해 고민하고 성찰하며, 그런 제 삶의 에피소드를 글에 녹여 보았습니다. 숱한 삶의 고비와 문제를 만날 때마다 헤쳐나갈 지혜와 길을 열어 주시고 지금 여기까지 저를 인도해 주신 하나님께 감사드립니다.

이 책은 완벽하지 않지만, 여든까지 살아낸 한 사람의 솔직한 고백이자 마음의 너울을 하나씩 벗겨서 쓴 기록입니다. 누구든 지금 시작해도 늦지 않으며, 준비하는 사람에게 기회는 반드시 찾아온다는 메시지입니다. 부디 이 글이 당신의 삶에 마중물이 되어, 행복한 인생 후반부를 조화롭게 설계하는 데 보탬이 되길 바랍니다.

3장

위로
괜찮게 산다는 건 이런 것입니다

4장

관계
나이 들수록 더 잘 연결되어야 합니다

비전
내가 만난 노년은 달랐습니다

"노년은 쇠퇴가 아니라 새로운 인생의 시작이다!"

액티브 시니어란 말 앞에서

여러 해 전, 위가 안 좋아서 진료받으러 갔던 병원 대기실에서였다. 마주 앉은 분은 나보다 조금 위로 보였다. 흐릿한 눈빛으로 창밖을 멍하니 바라보던 그분이 문득 혼잣말처럼 중얼거렸다.

"나이 드니, 그냥… 기다리는 일만 남았네요."

그 한마디가 마음에 오래 남았다. 기다림의 끝에는 진료 차례든, 누군가의 전화든, 혹은 삶의 마지막 순간이든 간에 내가 주체가 아닌 채 흐르는 시간만이 있다. 그때 처음 깨달았다. 노년은 준비하지 않으면 견디기조차 어렵겠구나…

노년은 단지 얼굴에 주름 하나 더 생기는 일이 아니다. 삶의 중심이던 건강이 서서히 무너지고, 관계는 줄어들고, 역할도 희미해진다. 무엇보다 "이제는 쓸모없는 존재가 아닐까?" 하는 막연한 불안이 마음속에 자리 잡는다. 하지만 꼭 그래야만 하는 걸까?

요즘은 '액티브 시니어'라는 말을 이따금 듣는다. 활동적인 시니어, 나이 들어서도 주도적으로 살아가는 사람들을 일컫는 말이다. 액티브 시니어란 은퇴 이후에도 여가 생활과 사회적 역할을 능동적으로 수행하고, '내 삶을 내 스스로 가꾸고 싶은 사람'이다. 그렇게 하기 위해서는 늦지 않게 삶을 준비하라는 메시지도 담겨 있다.

많은 사람이 나중에 시간이 나면 생각해 보겠다든가, 은퇴하고 나서 노년을 준비하면 된다고 생각한다. 하지만 삶은 그렇게 기다려주지 않는다. 건강도, 마음도, 관계도 갑자기 생기지 않는다.

나는 일흔이 넘어서야 실감했다. 젊을 땐 몰랐다, 괜찮게 나이 든다는 것이 얼마나 어렵고, 동시에 얼마나 멋진 일인지. 그래서 나는 이 책을 쓰기로 했다. 늦은 때는 없다. 병원 대기실에서 만난 그분은 지금 어떻게 지내실까? 여전히 기다리고만 계실까, 아니면 무언가를 시작하셨을까? 나는 그분을 다시 만날 수 없지만, 이것만은 안다. 액티브 시니어는 하루아침에 되는 게 아니다. 지금 뭔가를 바꿔보겠다고 시작하는 작은 실천이 쌓여서 나중의 당당한 나를 만든다.

당신의 노년이 외롭고 버거운 시간이 아니라, 오히려 새롭게 사는 시간이 되기를 바란다. 그 길을 함께 걸어가 보자고 손 내밀고 싶다.

나는 어떤 어른이 되고 싶은가

재작년 마지막 날, 한국에 사는 큰딸과 통화를 하다가 새해에는 책을 내고 싶다고 말했다.

"엄마, 그럼 브런치 작가 신청을 해보세요. 거기 올리면서 꾸준히 쓰다 보면 책으로도 엮을 수 있잖아요."

브런치? 나는 브런치라는 말을 들어본 적은 있으나 브런치 글을 읽어 본 일은 없었다. 여든이 다 된 나이에 새로운 플랫폼에 도전한다는 게 두렵기도 했다. 하지만 딸과의 통화를 끝낸 후, 나는 떨리는 손으로 신청서를 작성했다. 더듬더듬 헤매며 신청한 결과, 다행히 새해 연휴 끝에 브런치 작가가 되었다고 축하한다는 메일을 받았다.

첫 글을 올리던 날 밤, 나는 한참을 컴퓨터 앞에 앉아 있었다. 발행 버튼을 누르기가 무서웠다. 내 글이 세상에 나간다는 것이, 누군가 읽는다는 것이 조금은 두렵고 새삼스러웠다. 하지만 결국 버튼을 눌렀다. 그 순간에 문득 어린 시절 뒷산 옹달샘에서 무지개를 본 기억이 떠올랐다.

고향 동네 뒷산에는 자그마한 옹달샘이 있었다. 어느 날 오후, 소나기가 지나간 후 우연히 무지개가 뒷산 옹달샘에서부터 피어오르는 것을 보았다. 그 무지개는 멀리 뻗어 나가 마주한 먼 동네 산까지 이어졌다. 나는 무지개를 잡아보겠다고 정신없이 뛰어갔다. 숨이 차도록 달렸지만, 무지개는 어디쯤에선가 스르르 사라져버렸다. 손에 쥘 수 없다는 걸 알면서도 달렸던 그 순간의 설렘을 나는 아직도 기억한다.

나를 닮아서인지 외손녀 지율이도 한때 그랬다. 유치원 다닐 때까지만 해도 무지개 사랑에 빠졌었다. 도화지에 무지개 그림을 그리는 것은 물론이고, 스티커든 뭐든 무지개가 들어간 것은 다 좋아했다. 한복도 알록달록한 색동저고리를 골랐다. 그런데 초등학교 4학년이 되고부터 달라졌다.

"할머니, 그런 거 이제 안 좋아해요."

지율이는 분홍색뿐만 아니라 그렇게 좋아하던 무지개에도

별 관심을 보이지 않았다. 좀 컸다고 어른스러워 보이고 싶은 모양이다. 무지개를 사랑하는 마음을 숨겨둔다는 것이 어른스러운 것일까?

영국의 시인 윌리엄 워즈워드는 평생을 자연과 함께 살았다. 1770년 영국 북부 호수 지방에서 태어난 그는 자연 속을 뛰어다니며 자랐다. 그는 자연의 아름다움이 인간의 영혼을 치유한다고 믿었다. 나이가 들어서도 그는 매일 산책을 했고, 자연을 관찰하며 시를 썼다.

워즈워드가 쓴 시 중에 '무지개My Heart Leaps Up'라는 시가 있다. 그는 시에서 이렇게 노래했다.

하늘에 걸린 무지개를 볼 때면

내 가슴은 뛴다

어린 시절에도 그러했고

어른이 된 지금도 그러하다

늙어서도 그러하길

그렇지 않다면 차라리 죽는 게 나으리

어린이는 어른의 아버지

내 인생의 매일매일이

자연에 대한 경외심으로 이어지기를

워즈워드는 60세가 넘어서도 무지개를 보면 가슴이 뛰었다. 그것을 부끄러워하지 않았다. 오히려 그 설렘을 잃는다면 차라리 죽는 게 낫다고 말할 정도였다. '어린이는 어른의 아버지'라는 구절은 어린 시절의 순수한 감동이 어른이 된 우리를 지탱하는 힘이 된다는 뜻이다.

나도 그랬다. 어린 시절 무지개를 잡아보겠다고 뛰어가던 그 마음이 지금 다시 글을 쓰는 나를 떠받치고 있다. 황혼 녘에 앉아서 무지갯빛 꿈을 꾸는 것이 유치해 보일 수도 있다. 젊은 사람들 사이에 끼어 굳어진 손놀림으로 글을 올리는 것이 우스워 보일 수도 있다. 하지만 나는 이 설렘을 잃고 싶지 않다. 브런치 작가 신청 버튼을 누를 때의 두근거림, 첫 글을 발행할 때의 떨림, 누군가 내 글을 읽는다는 기쁨. 이 모든 것이 내게는 무지개다. 손에 잡히지 않아도 좋다. 멀리서 바라보기만 해도 가슴이 뛰는 것, 그것으로 충분하다.

요즘 나는 생각한다. 어떤 어른이 되고 싶은가? 무지개를 잊어버린 어른이 되고 싶지는 않다. 워즈워드처럼 늙어서도 무지개를 보며 가슴 뛰는 어른이 되고 싶다. 블로그나 브런치 글에, 혹은 아직도 더듬거리는 인스타나 스레드에 댓글이 달리거나 누군가 내 글을 읽고 '좋아요'를 눌러줄 때마다 기분이 좋다. 이런 것이 여든이 되어서도 여전히 품고 있는 나의 무지개다.

손에 잡히지 않아도 좋다. 어린 시절 옹달샘에서 피어오른 무지개를 잡으려 달렸던 것처럼 지금도 나는 달리고 있다. 책을 내겠다는 꿈을 향해 한 글자 한 글자 써 내려간다. 무지개를 향해 달리는 그 순간이 아름다운 것이니까.

매일 글을 쓰기 위해 컴퓨터 앞에 앉는다. 동쪽 하늘에 떠오르는 해를 보며, 서쪽 하늘에 노을이 지는 것을 보며 그 감동을 간직했다가 글 속에 녹여 쓴다. 산책하며 떠오른 생각들을 엮기도 하고, 일상의 잔잔한 감흥을 글로 우려내기도 한다. 이것이 내 노년의 무지개다. 설렘과 함께 살아가는 것, 배우고 도전하는 것, 새로운 꿈을 품는 것. 나이가 들수록 가슴 속 무지개는 더 선명해진다.

지율이는 지금 분홍색이나 무지개를 유치하다고 생각할 수 있는 나이다. 하지만 나는 안다. 언젠가 지율이도 자기만의 무지개를 찾아 나아갈 것이다. 그것이 음악이든, 그림이든, 디자인이든, 혹은 상상하지 못하는 무언가든 그 순간이 오면 나는 지율이 옆에서 함께 그 무지개를 바라보고 싶다.

"지율아, 할머니도 무지개가 보인다. 참 아름답구나!"

그렇게 말하며 함께 감탄할 수 있다면 그것으로 충분하다. 워즈워드의 시처럼 나도 이렇게 살아가고 싶다. 내 무지개를 품고 가슴 뛰는 순간들을 만들어 가며 언젠가 지율이가 찾을 무지개를 함께 감상할 수 있는 그 날을 기다린다. 설렘을 간직한 채 좋은 글을 쓰고 싶다. 몸과 마음이 건강하고 생기있는 삶을 가꾸며 향기로운 참 어른으로 익어가면 좋겠다.

나의 백 세 설계도

가끔 해질 무렵에 산책하러 나간다. 오늘은 조금 남아 있는 잔설 위 저편 나무 사이로 석양빛이 곱다. 얼굴을 숨길락 말락 숨바꼭질하는 듯이 산책길에 걸려 있다. 저녁노을은 짧은 순간의 변화가 심하면서도 유난히 아름답다. 순식간에 기우는 모습에 쓸쓸함이 묻어난다. 노년의 내 모습이 노을 위로 어린다.

핸드폰을 꺼내 사진을 찍었다. 불과 몇 분 사이에 열 장 넘게 찍었다. 모두 다른 빛깔이다. 노을은 기다려주지 않는다. 하지만 내일 또 온다. 그 생각을 하니 마음이 놓인다.

집에 돌아와 오늘 찍은 노을 사진 중 마음에 드는 것을 골랐다. 블로그와 브런치에 올리며 짧은 글을 덧붙였다.

'오늘의 노을, 내일은 또 다른 빛깔로 만날 것이다.'

얼마 전 인터넷에서 미국 보험 회사가 제공하는 미래 예측 수명 테스트를 해봤다. 현재의 건강 상태를 입력하면 미래 가능 수명을 예측해 준다. 나의 미래 예측 수명은 99세로 나왔다. 백수白壽. 일백 백百에서 위의 하나 일- 획을 빼면 흰 백白 자가 된다. 이처럼 100에서 하나 뺀 99의 나이를 백수라고 한다. 내가 백수를 한다는 결과에 의아스럽기도 했지만, 기분이 그리 나쁘지는 않았다.

인명은 재천이라 하듯 우리의 생명은 전적으로 하나님께 달려 있다. 미래 내 수명을 맘대로 예측할 수는 없다. 다만 데이터대로 살 거라고 가정해 본다. 현재의 건강 상태를 잘 유지한다면 예외의 변수가 없는 한 백수를 할 수 있다는 말이다. 그렇게 생각하면 나는 앞으로 스무 번의 계절을 맞이할 수 있겠다. 그 스무 번의 계절을 어떻게 맞아야 할까 곰곰 생각해 본다.

오늘 찍은 노을 사진을 보며 생각했다. 백 세 설계도라는 게 거창한 것일까? 성공한 노년을 위한 구체적인 계획표를 짜야 하는 걸까? 젊을 때는 그랬다. 구체적인 목표를 세우고 시간을 짜임새 있게 보냈다. 아이들 키우고, 일하고, 성공을 향한 닻을 올리고 나아갔다. 젊음의 에너지가 있었기에 가능한 일이었다.

내가 만약 지금 젊을 때로 돌아간다면 '오타니 쇼헤이' 선수가 목표 달성과 자기관리를 위해 사용했다는 만다라차트를 사용해서, 막연한 꿈을 달성 가능한 구체적인 실천 과제로 시각화하여 목적성에 맞게 설계하고 균형 있는 삶을 가꾸어 보겠다.

하지만 나이가 들면 다르다. 무리하게 계획을 세우거나 과욕을 부리면 감당할 수가 없다. 많은 사람이 오래 살고 싶으면서도 오래 산다고 좋은 것만은 아니라고 말한다. 사는 날까지 자신을 챙길 수 있어야 하고, 인간의 존엄성을 지킬 수 있어야 한다는 뜻이다. 나도 그런 백수를 맞이하고 싶다. 그렇다면 내 백 세 설계도는 무엇일까?

산책하다가 문득 깨달았다. 매일 노을을 보러 나가는 것, 그것이 내 백 세 설계도의 전부일지도 모른다. 매일 노을을 보러 나간다는 것은 걸을 수 있다는 뜻이다. 매일 노을을 사진 찍는다는 것은 볼 수 있다는 뜻이다. 매일 노을을 보고 산책하면서 블로그나 브런치에 글을 올린다는 것은 생각을 정리해서 쓸 수 있다는 뜻이다. 거창한 설계도가 아니다. 오늘도 산책을 나갈 수 있고, 내일도 노을을 볼 수 있다는 것, 그것으로 충분하다.

하루의 풍경 중 어느 때가 가장 아름답다고 말할 수는 없다. 아침 해돋이 풍경은 숨 막힐 듯한 감격을 선사해 준다. 숨 죽인 기다림 끝에 솟아오르는 태양은 경외감을 맛보게 해준다. 낮 동안의 이글거리는 태양 빛은 열정을 뿜어내며 버거운 생존 현장에서 버텨 나갈 힘을 북돋워 준다. 하지만 해질 무렵 풍경은 다르다. 요동치듯 변화무쌍하고 짧다. 그 짧은 순간의 아름다움!

젊을 때는 노을을 볼 시간이 없었다. 아이들을 양육하고, 집안일을 하고, 직장에서 일하느라 정신이 없었다. 노을이 아름답다는 것을 알면서도 바라볼 여유가 없었다. 하지만 지금은 다르다. 나는 노을을 보기 위해 밖으로 나갈 수 있다. 노을을 사진에 담고, 그것을 다른 사람과 나눌 수 있다. 댓글이 달릴 때마다 가슴이 뛴다.

"노을이 참 아릅답네요."

누군가 남긴 한 줄이 내게는 큰 기쁨이다.

몸의 균형 감각과 유연성을 유지하기 위해 어제는 줌바 수업에 갔다. 오늘 아침은 성경 말씀을 읽고 기도했다. 물 한 잔을 마시고 10분 정도 스트레칭을 했다. 신선한 채소와 과일로 아침을 먹었다. 낮에는 잠시 TV 시청도 하고, 산책을 한다. 오후에는 책도 읽고, 줌으로 온라인 강의도 들었다. 저녁에는 가족이나 친구들과 카톡 대화를 한다. 이런 것들이 내 일상이다. 거창한 설계도는 아니다.

하지만 이 작은 일상들이 쌓여서 내게 남았을지 모르는 스무 번의 계절을 채울 것이다. 건강을 유지하고, 좋은 생각을 떠올리고, 사람들과 소통하며 살아가는 것, 그것이 내가 원하는 미래의 모습이다. 살아온 날보다 살날이 얼마 남지 않았다. 하지만 그렇기에 더 소중하다. 오늘 내게 주어진 하루를 은혜로운 선물로 여긴다.

내일도 나는 노을을 보러 나갈 것이다. 이 동네를 떠나게 되어도, 더 나이가 들어도 노을은 매일 하늘에 펼쳐진다. 내가 그것을 보러 나갈 수 있는 한, 나의 백 세 설계도는 잘 진행되고 있다는 뜻이다. 스무 번의 계절, 아니 그보다 더 많거나 적을 그 시간 동안 가능한 한 많은 산책을 하며 하늘과 나무들과 아침 해돋이며 저녁노을을 보고 싶다. 그리고 그것을 사진에 담고, 글로 쓰고, 나누는 삶이면 좋겠다.

거창한 백 세 설계도가 아니다. 그저 오늘도 내일도 산책하러 나가서 아침 해돋이와 저녁노을을 보고, 자연을 즐기며 걷는 것 그것이 내가 꿈꾸는 백수까지의 길이다.

지금도 꿈꾸고 있다는 것

대학교 졸업을 앞둔 어느 날, 친구들이 말했다.

"우리, 아나운서 시험 보러 가자!"

겁도 없었다. 아니, 겁이 없었다기보다 그냥 저질러 본 것 같았다. 친구들과 몰려가 아나운서 시험을 쳤다. 내 평생 처음으로 친 취직 시험이었다. 당연히 떨어졌다. 표준말을 써야 하는 아나운서 시험에 경상도 발음으로 붙는다는 건 어림도 없는 일이었다. 충격이라기보다 도전 자체가 무모한 짓이었기에 낙방은 당연한 결과였다. 하지만 이상한 일이다. 그때의 무모한 도전 이후에도, 이루지 못한 그 황당한 꿈은 어딘가에 남아 있었던 모양이다.

일흔 중반쯤이었다. 코로나19 팬데믹이 시작되었다. 모두가 집에 갇혔다. 답답한 일상이 계속되었다. 친구를 만나러 나갈 수 없었고, 교회에도 갈 수 없었다. 그 답답함 속에서 문득 생각이 떠올랐다.

'성경을 낭독해서 오디오 클립에 올려볼까?'

가벼운 마음으로 시작했다. 하지만 주일만 빼고 매일 성경을 낭독해서 올린다는 것은 생각보다 힘든 일이었다. 발음을 또박또박하게 해야 했고, 의미를 생각하며 읽어야 했고, 녹음하고 편집하는 것도 배워야 했다. 몇 달 공부를 했다. 그렇게 준비해서 반년이 지나 올리기 시작을 했다. 창세기에서 시작한 낭독이 출애굽기를 지나 레위기, 민수기, 신명기로 이어졌다.

때로는 힘들었다. '오늘은 쉴까?' 하는 생각도 들었다. 하지만 멈추지 않았다. 아니, 멈출 수가 없었다. 누군가 듣고 있었다. '목소리가 참 편안해요', '매일 들으며 힘을 얻어요' 하는 댓글들이 나를 달리게 했다.

그렇게 4년이 흘렀다. 말라기 마지막 장을 읽던 날, 녹음을 마치고 나서 '드디어 끝냈구나!' 하는 안도감과 함께 한참을 멍하니 앉아 있었다. 그때 문득 깨달았다. 아나운서가 되지는 못했지만 50년이 훨씬 지나 다른 방식으로 그 꿈을 작게나

마 이룬 셈이다. 마이크 앞에 앉아 매일 목소리를 내는 것, 누군가에게 말씀을 전하는 것, 비록 방송국이 아닌 작은 오디오 플랫폼이었지만 이것도 아나운서의 꿈이 아니었을까.

사실 내가 성경 낭독을 할 수 있었던 것은 건강해졌기 때문이다. 일흔이 될 때까지 건선이라는 게 어떤 것인지 몰랐다. 처음 팔꿈치에 건선이 생겨서 꺼끌꺼끌함을 느꼈을 때 별로 대수롭지 않게 생각했다. 때수건으로 박박 밀어보기도 했다. 나중에야 확인된 그 증상은 건선이었다. 점점 넓게 퍼지며 나를 괴롭히기 시작했다. 늦은 밤에도 가려워서 잠을 잘 수가 없었다. 병원 약으로는 근본적인 치료가 안 된다는 것을 알았다. 자연치유력을 믿고 식습관을 바꾸기 시작했다. 신선한 채소와 과일 위주로 자연식물식을 실천했다. 쉽지 않았지만 꾸준히 했다.

몸이 가벼워졌다. 건선이 조금씩 나아졌다. 그리고 무엇보다 뭔가 해보고 싶은 의욕이 생겼다. 자신감도 생겼다. 그래서 성경 낭독을 시작할 수 있었다. 매일 목소리를 내고, 편집해서 올리는 일을 4년 동안 해낼 수 있었다. 건강하지 않았다면 불가능한 일이었다. 몸이 건강하니 마음도 건강해졌고, 꿈을 이룰 에너지가 생겼다. 게다가 지난해에는 하고 싶은 일 중 하나였던 전자책을 냈다.

두 딸은 은퇴 후 선교 활동을 하고 싶다는 꿈을 가지고 있다. 그걸 위해 큰딸은 크리스천 코칭 공부를 시작하고 싶다고 했다. 작은딸도 선교 활동에 도움이 될 간호학을 공부하고 싶다고 한다. 나는 딸들에게 말했다.

"지금부터 건강을 챙기고, 차근차근 꿈을 이룰 설계를 해봐. 은퇴 후의 인생 후반부를 알차게 보내려면 미리 준비해야 하는 거야."

꿈은 언제 시작해도 늦지 않지만, 미리 계획하고 실천하지 않으면 힘들다. 나는 일흔이 훨씬 지나서야 50여 년 전의 꿈을 작게나마 이뤘으니까… 늦었다고 생각했던 일도 다시 시작할 수 있다. 작지만 의미 있는 꿈을 이룰 수 있다. 글을 쓰고, 누군가와 나누는 것, 그것이 내 새로운 꿈이다.

대학 시절에 아나운서 시험장에서 떨리는 손으로 원고를 잡았던 그 순간이 50여 년이 훨씬 지나 오디오 클립 앞에서 성경을 낭독하는 순간으로 이어졌다. 꿈은 사라진 게 아니었다. 그저 다른 모습으로 피어날 시간을 기다리고 있었다.

행복은 마음에 달렸다

아침에 눈을 뜨고 침대 위에서 스트레칭을 하며 서서히 몸을 깨운다. 부엌으로 나와 물 한 잔을 마시고 나서 동향집 앞쪽 문을 연다. 막 솟은 해와 눈 맞춤하고 난 뒤 나무를 보며 눈 운동을 한다. 이것이 나의 아침 의식인 셈이다.

오늘 아침은 햇빛이 유난히 눈부시다. 파란 하늘엔 뭉게구름이 떠 있다. 앞집 담장 너머로 배롱나무꽃이 곱게 피어 있다. 분홍빛 꽃송이들이 아침 바람에 살랑거린다.

우리 집 화단을 둘러본다. 이번에 새로 심은 잔디들이 잘 자라고 있다. 아침저녁으로 열심히 물을 뿌려준 보람이 있다.

채송화랑 배롱나무꽃이며 도라지꽃, 데이지꽃이 피어 눈 맞춤을 기다리고 있다.

"잘 잤어?"

나는 꽃들에게 말을 건넨다. 바람이 지나가며 꽃들을 내게 인사시킨다.

뒷마당에도 나가 본다. 거기엔 철 따라 꽃이 피고 열매가 달리는 식물들이 쑥쑥 자라고 있다. 예전에는 상추, 무, 배추, 케일이며 오이랑 호박 등을 심어놓고 거름을 주며 열심히 가꾸었지만, 요즘은 일부러 씨를 뿌리지 않고 저절로 나서 자라는 것만 자라게 둔다. 그런데도 뒤뜰 텃밭엔 부추를 비롯해 신선초며 깻잎이며 미역취 같은 게 지천이다. 하얀 꽃이 메밀꽃을 연상시키는 부추는 심어놓기만 하면 별다른 신경 쓰지 않아도 저 혼자 잘 자란다.

봄엔 아스파라거스가 제일 먼저 올라온다. 땅을 뚫고 올라오는 싹들을 보면 강한 생명의 기운이 느껴진다. 블랙베리도 뒤를 이어 꽃이 피고 열매를 맺는다. 빨간색에서 까만색으로 변하며 몸집이 커지는 모습을 매일 관찰하는 재미가 쏠쏠하다. 감나무에도 감꽃이 피고 머잖아 열매를 맺을 것이다.

집 안팎의 식물들이 하루가 다르게 자라고 변하는 모습을 보는 것만으로도 행복하다. 어제 보지 못했던 새싹이 오늘 돋아나 있다. 어제 봉오리였던 것이 오늘은 활짝 꽃피어 있다. 내일은 또 어떤 새로운 모습의 식물이 나를 기다릴 것인가. 그 기대만으로도 아침이 설렌다.

연전에 김형석 교수님이 나오신 유튜브를 시청했었다. 올해 106세, 최고령 저자로 기네스북에 오른 분이다. 단아한 모습으로 담담하게 풀어내시는 삶의 이야기 속에 깊은 울림이 있었다. 교수님의 말씀 가운데 "행복은 각자의 마음에 있습니다"라는 말이 가슴에 남았다. 누구에게나 행복이 있다는 말씀에 고개를 끄덕였다.

그날 밤 곰곰 생각했다. 나는 행복한가? 내 행복은 무엇인가? 다음 날 아침, 문을 열고 화단을 바라보는 순간 깨달았다. 이것이구나. 이것이 내 행복이구나. 거창한 것이 아니었다. 매일 아침 화단을 바라보는 것, 꽃들에게 인사하고, 식물들의 변화를 관찰하고, 물을 주고, 자라는 모습을 지켜보는 것, 그것이 내가 가꾸는 작은 행복이었다. 교수님 말씀처럼 나도 행복을 내 마음에서 가꾸고 있었다.

요즘 많은 사람이 행복을 찾아 헤맨다. 행복은 어디 멀리 있는 것처럼, 특별한 무언가를 해야 얻을 수 있는 것처럼 생각한다. 큰 성공, 많은 돈, 화려한 경험 같은 것들이 행복을 가져다줄 거라고 믿는다. 하지만 내가 발견한 행복은 다르다. 매일 아침 문을 여는 순간 화단의 꽃들이 나를 반긴다. 뒤뜰의 부추꽃이 하얗게 피어 있다. 블랙베리가 빨갛게 익어간다. 그것만으로도 가슴이 가득 찬다.

물론 처음부터 이랬던 건 아니다. 예전엔 상추, 무, 배추를 키우느라 바쁘게 움직였다. 씨를 뿌리고, 거름을 주고, 잡초를 뽑고, 열심히 가꿔서 많은 수확을 얻는 것에 마음이 더 갔었다. 하지만 나이가 들면서 달라졌다. 이제는 꼭 뭘 열심히 심고 가꿔서 수확을 크게 얻겠다는 욕심을 부리지 않는다. 저절로 나서 자라는 것들을 지켜본다. 신선초, 깻잎, 부추 같은 것들은 내가 해마다 심고 가꾸지 않아도 씨가 떨어져서 번식하거나 뿌리 번식하며 잘 자란다. 그것을 보는 것만으로도 충분하다.

행복도 그런 것 같다. 억지로 만들려고 애쓰지 않아도 저절로 피어나는 순간들이 있다. 그것을 알아보고, 감사하고, 누리는 것, 그것이 행복을 가꾸는 방법이다. 오늘도 나는 문을 연다. 바람과 햇빛이 들어온다. 화단에 채송화가 곱게 피어 있다. 보랏빛 도라지꽃이 고개를 들고 있다. 뒤뜰의 부추꽃이 하얗게 흔들린다.

"좋은 아침!"

나는 꽃들에게 인사를 건네고, 한 포기 한 포기 눈길을 주며 천천히 물을 준다. 이것이 나의 아침이다. 이것이 내가 가꾸는 행복이다. 106세 김형석 교수님은 평생 철학적 사유 속에서 글을 쓰며 행복을 가꾸셨을 것이다. 누군가는 음악으로, 누군가는 그림으로, 누군가는 다른 무언가로 행복을 가꿀 것이다. 나는 자연과 텃밭으로 행복을 가꾼다. 매일 아침 문을 열고, 꽃들을 바라보고, 식물들의 변화를 지켜본다. 새들의 지저귐 소리를 듣는다. 그것만으로 충분하다.

내일 아침도 나는 문을 열 것이다. 어떤 새로운 모습이 나를 기다릴지 설렌다. 그 설렘이 있는 한 나는 행복하다. 행복은 멀리 있지 않다. 매일 아침 문을 여는 것처럼 마음을 여는 순간 행복은 거기, 마음에 달려 있다.

나이듦에 유통기한은 없다

코로나19 펜데믹이 시작될 무렵, 휴지와 비상식량이 될 만한 것들이 가게에서 동이 났던 적이 있었다. 나 역시 무엇인가 사 두어야 할 것 같아 마트에 갔지만, 막상 비상식량으로 적당한 물건을 고르지 못했다. 그러다가 평소엔 잘 먹지도 않는 라면 세 개와 쌀을 샀다.

다행히 얼마 지나지 않아 물품을 구하지 못할까 걱정할 일은 사라졌고, 그때 사두었던 라면은 먹을 기회도 없이 한쪽에 쌓여 있었다. 어느 날 꺼내 보니 유통기한이 한참 지나 있었다. 버려야 한다는 걸 알면서도 쉽게 손이 가지 않았다. 특별한 미련이 남아 있어서라기보다는 먹을 수 있는 것을 제때 먹지 못하고 버려야 한다는 죄책감 때문이었을 것이다.

문득 이런 생각이 들었다. 음식에 유통기한이 있듯 나이듦에도 유통기한이 있는 걸까. 예전에 놀이공원에 갔을 때 나이가 많다는 이유로 탈 수 없는 놀이기구가 몇 가지 있었다. 안전을 위한 조치라는 설명을 들었지만, 그 앞에서 발길을 돌리며 못마땅함과 함께 묘한 좌절감을 느꼈던 기억이 난다. 나이만으로 가능과 불가능을 나누는 기준이 조금은 억울하게 느껴지기도 했었다.

물론 안전과 직결된 문제라면 제약이 필요하다. 다만 나이만으로 일괄적인 선을 긋는 일에는 여전히 생각해 볼 점이 있다. 나이가 젊어도 이용하기 어려운 사람이 있고, 반대로 나이가 들어도 충분히 감당할 수 있는 사람도 있기 때문이다.

그럼에도 유통기한이라는 개념 자체는 분명한 의미를 가진다. 유통기한이 지난 물건은 효용성이 떨어질 가능성이 크다. 그래서 우리는 날짜를 꼼꼼히 확인한다. 이 개념을 사람에게 그대로 적용할 수는 없지만, '지금의 나는 어떤 상태인가'를 물어보게 하는 질문이 될 수 있다. 나이가 들었어도 자기 몫의 역할을 감당하고, 다른 사람들과 조화를 이루며 살아갈 수 있다면 그 존재 자체로 충분히 환영받을 수 있다. 중요한 것은 나이가 아니라, 지금의 삶을 어떻게 살아내고 있는가일 것이다.

에릭슨은 인간의 심리사회적 발달 단계를 여덟 단계로 설명하며, 노년기를 '자아통합 대 절망'의 시기로 보았다. 이 시기에 사람은 자신의 삶을 돌아보며 수용과 지혜에 이르기도 하고, 반대로 후회와 원망에 머물기도 한다. 이는 어느 날 갑자기 결정되는 것이 아니라, 삶의 여러 국면에서 어떤 태도로 살아왔는지가 쌓여 만들어진 결과라고 한다.

이 대목에서 다시 음식이 떠올랐다. 어떤 음식은 시간이 지나면 상하지만, 어떤 음식은 발효되어 더 깊은 맛을 낸다. 발효는 아무 조건 없이 이루어지지 않는다. 적절한 재료와 환경 그리고 기다림이 필요하다.

사람도 비슷하지 않을까. 세월 속에서 자신을 잘 돌보고, 삶을 성실히 살아온 사람은 나이가 들수록 더 깊어지고 부드러워진다. 그런 사람은 자연스럽게 주변에 온기를 남긴다. 나이듦이 유통기한이 아닌 발효의 시간이 될 수 있다면, 그 자체로 충분히 의미 있는 삶일 것이다. 지금부터라도 어떻게 익어가고 싶은지 한 번쯤 생각해 보아도 좋겠다.

나를 기다리는 사람들

그날 텅 빈 집에 들어섰을 때의 적막감은 뭐라고 표현할 수가 없다. 한국에서 남편의 장례 절차를 마친 후, 살고 있던 미국 집으로 돌아온 날이었다. 시월의 마지막 날, 어스름한 저녁때였다. 여러 날 비워 둔 집 문 앞에는 낙엽들이 을씨년스럽게 나뒹굴고 있었다. 열쇠로 문을 열고 들어선 순간, 어둠이 깔린 텅 빈 집안은 적막감만이 감돌았다. 가슴 가득 싸한 슬픔이 밀려 왔다. 이젠 더 이상 나를 기다려 줄 사람도 없고, 내가 기다릴 사람도 없다는 그 고독감은 어둠보다 진하게 덮쳤다. 얼마 간 어둠 속에서 가슴에 흐르는 눈물을 훔쳐냈다. 정신을 가다

듭은 후 불을 켰다. 훗날 천국에서 만날 기다림을 큰 위안으로 삼아야 한다고 자신에게 타이르며 몸과 마음을 추슬렀다.

누군가 나를 기다리는 사람이 있다는 건 큰 위안이고 행복이다. 나를 기다리는 사람이 누구일까? 한 번쯤 생각해 볼 만한 화두로 느껴진다. 곰곰 생각해 보면 나를 기다리는 사람들은 집이나 어느 한정된 공간에서 기다리는 것만을 의미하지는 않는다. 마음으로 나를 응원하고 기다리는 존재를 포함할 수 있다.

전자책 『나는 팔순의 플렉시테리언이다』를 출간했을 때다. 어떤 친구는 종이책 생각만 하고 교보문고로 가서 책을 사려고 했다는 것이다. 전자책은 어떻게 하는 줄 몰라서 돌아섰다면서 종이책으로는 안 나오냐고 물었다. 내가 속한 단톡방에서도 종이책은 언제 나오냐며 부탁한다는 댓글이 달려 있었다. 내 책이 나오기를 기다리고, 내 글을 읽어 줄 독자가 있다는 것이 얼마나 감사하고 행복한 일인가. 찡한 감동을 받고 글쓰기를 게을리하지 말아야겠다는 사명감도 느꼈다.

내가 살면서 관계를 맺고 있는 커뮤니티에서도 속 깊은 진심은 알 수 없으나 뜸하다가 만나게 되면 그간 왜 안 보였느냐라든가 오랜만이라고 하면서 기다림과 반가움의 표현을 한다. 뉴욕 딸네 집에 갈 때마다 딸이 다니는 교회에 가곤 했었다. 일 년에 몇 번 가는데도 요즘도 딸한테 '엄마 언제 오시냐?'며 안부를 묻고 기다리신다고 한다. 감사한 일이다. 일주일에 두 번 나가는 파네라 브레드 빵집에서 한국 친구들과 만나는 것은 오랜 루틴이 되었다. 우리처럼 그룹으로 모이는 미국 친구들도 만날 때마다 인사를 나누곤 한다. 그러면서 어디 여행을 다녀오거나 몇 번 빠질 때는 어디 갔었냐면서 안부를 묻는다. 그들과 많은 얘기를 주고받거나 하지는 않더라도 늘 정해진 날에 나오던 사람이 안 보이면 궁금하고, 다음엔 오려나 은근히 기다려지는 심리가 작용한다.

내 가족이나 친한 친구들이며 관계망 속의 사람들이 나를 기다려주고, 온라인상의 친구나 독자들이 내 글을 기다려준다는 것은 큰 기쁨이고 삶의 활력소가 된다. 살아가는 존재의 의미를 일깨워 주기 때문에 여간 고마운 게 아니다.

때로는 실체 없는 막연한 기다림을 이어갈 때도 있다. 오래전에 읽었던 『고도를 기다리며』라는 책이 생각난다. 고도가 무엇인지도 모르겠고, 그들은 왜 고도를 기다리는지도 모르면서도 '기다림'을 이어가는 사람들이다. 그런 기다림의 상황이 이해되지는 않는다. 그러면서도 그런 의미를 닮은 기다림이 언뜻언뜻 스쳐 지나갈 때도 있다. 알 수 없는 막연한 그런 기다림은 쓸쓸하고 허탈한 결과를 초래할 수도 있다.

내가 좋아하는 성경 말씀으로 히브리서 11장 1절에 "믿음은 바라는 것들의 실상이요 보이지 않는 것들의 증거니"라는 구절이 있다. 바라고 기다리는 것을 머릿속에 구체화 시켜서 이미지를 그려 보는 것은 상당히 중요하다. 구체적으로 시각화해서 그 목표를 향해 나아가게 되면 그것을 이룰 수 있다.

뭔가를 기다릴 때 막연하고 대책 없는 기다림보다 그 속에 사랑, 행복, 희망, 기쁨, 꿈, 위로, 인정, 그리움, 좋은 소식 이런 의미를 담아 보는 건 어떨까?

삶은 여전히 계속된다

내가 처음 기차를 타고 느꼈던 신기한 기억은 오래도록 의문 부호로 남아 있다. 그때 나이가 몇 살이었던가는 기억나지 않지만 예닐곱 살은 되지 않았을까 생각한다. 다섯 살 때 6.25 피란 길에 올랐던 기억도 드문드문 남아 있다. 여덟 살에 초등학교에 입학했으니까 그 중간쯤의 나이일 거라고 짐작해 본다.

그때 살던 데는 경상도 시골 마을이었다. 어쩌다 십 리 밖의 기차 소리가 날씨나 시간대에 따라 가끔 들릴 때도 있었다. 소리만 들릴 뿐 기차가 달리는 모습은 보이지 않는 곳이다. 어릴 때 기차는 늘 호기심을 불러일으켰고, 동경의 대상이기도 했다. 나는 언제 저 기차를 타볼까, 저 기차를 타고 어디까지 갈 수 있을까, 기차를 타면 어떤 세상이 펼쳐질까 아마 이런 호기심 때문에 동경의 대상이 되었을 것이다.

그 동경의 대상과 첫 번째 만남은 어머니와 함께 외가댁에 갈 때였다. 집에서 십 리를 걸어 나가 옥산역에서 기차를 한 번 타고, 다시 김천역에서 영동 가는 기차로 갈아탔다. 지금 기억으로는 그게 갈 때였는지 돌아올 때였는지는 분명하지 않다. 차창 밖으로 보이는 풍경들이 계속 나를 따라오는 것이 너무나 신기하게 느껴졌었다. 그것도 거꾸로 따라오는 것처럼 느껴졌었다. 왜 하늘과 저 나무와 논과 샘과 마을들이 나를 계속 따라오는 것일까 궁금했다.

집에 돌아온 후 할아버지 할머니께 기차를 탔던 얘기를 조잘조잘 풀어놓았다. 제일 흥분하면서 얘기한 거는 풍경들이 나만 자꾸 따라온다는 얘기였다. 구불구불한 시골길도 샘도 나무도 하늘도 모두가 너를 좋다고 따라온 모양이라고 하셨던 할아버지의 말씀에 식구들 모두 웃음꽃을 피웠었다.

그때 나는 달리는 기차 안에서 차창 밖으로 스쳐 지나가는 풍경들이 왜 자꾸만 나를 따라오는지 궁금했지만, 그 궁금증을 풀기 위해 기차를 멈출 수도 없었고 그럴 생각조차 해보지 않았다. 바뀌는 풍경을 따라오게 둔 채 기차가 가는 방향대로 실려 가야 했다. 기차는 그렇게 내 목적지까지 나를 태워다 주었고, 나는 하차할 역에서 풀리지 않는 궁금증을 안은 채 내려야 했다.

지금 내가 어릴 때 기차를 처음 탔던 얘기를 시시콜콜하게 나열한 것은 기차 여행이 우리 삶의 여정을 이끄는 궤도를 연상하기 때문이다. 한 번 타면 내 표에 적혀 있는 목적지까지 간다. 가는 도중에 신기하기도 하고 밋밋하기도 한 여러 풍경을 만난다. 그것을 내 나름대로 해석하고 즐기며 여행하게 된다.

돌이켜보면 내 인생 여정에선 어릴 때의 자연이 주던 평화롭고 신기한 풍경은 순식간에 지나갔고, 청춘은 있었는지 없었는지도 모르게 지나쳤다. 48년 결혼 생활의 애환도 어느새 추억의 저장고로 들어가 있다. 삶을 되돌아보니 멈출 수 없는 기차 속에서 바깥 풍경들을 뒤로하듯 세월은 참 빠르게 흘러갔다. 그렇듯 내 인생은 뛰어나게 성공한 것도 없지만, 내 인생의 축을 잘 잡고 별 탈 없이 계속되어왔다. 그리움과 꿈과 설렘의 작은 씨앗이 남아 있는 한, 내 삶의 수레바퀴는 그 무게를 감당하며 궤도를 벗어나지 않고 굴러갈 것이다.

주어진 삶을 긍정하는 연습

지금까지 나는 삶을 얼마나 긍정하며 살았는가 되돌아본다. 내 몫의 삶에 할 말이 많을 수도 있다. 내게 주어진 삶은 어떻게 해서든 스스로 헤쳐나가려고 노력했다. 힘든 일 당했을 때는 속으로 불만도 토로했을 것이다. 사노라니 불평해도 소용없다는 걸 알아버렸고, 그저 받아들이는 법을 배웠다. 나이듦에 있어서야 내가 무슨 토를 달 수가 있겠는가!

아침 햇살 가득한 창가에 앉아 거울을 본다. 깊어진 눈가의 주름과 희끗희끗한 머리카락은 세월의 흔적을 고스란히 담고 있다. 첫 번째 마흔 즈음에는 눈가에 자리 잡은 작은 주름

살과 어쩌다 보이는 새치 하나에도 신경을 썼다. 이걸 어쩌면 좋으냐고 하면서 방정맞다 싶을 정도로 호들갑을 떨기도 했다. 그 작은 몸의 변화조차 서글프고 받아들이기 싫었다.

하지만 두 번째 마흔을 맞이한 이제는 더 깊어진 주름과 새하얗게 변한 머리카락을 보고도 호들갑을 떨지 않는다. 마음 한구석에 서글픔이 일지만 나이듦을 거부할 수 없다. 몸의 변화도 받아들이며 긍정하는 연습을 하고 있다. 아니 연습을 넘어 담담하게 받아들인다. 물론 외출할 때는 기본적인 화장도 좀 하고, 몇 달에 한번씩 염색을 한다. '나이듦에 대한 이런 앙탈쯤은 부려도 괜찮겠지' 하는 마음으로 스스로 달래며 받아들이고 산다.

예전에는 스무 살, 서른 살, 마흔 살… 그저 달력 위의 숫자가 바뀌는 것 정도로만 여겼다. 하지만 지금은 안다. 나이란 내가 얼마나 많은 사람을 만났고, 얼마나 많이 울고 웃었으며, 얼마나 많은 실패와 성공을 맛보았는가를 보여주는 척도다. 그 숫자 뒤에는 내가 사랑한 사람들의 이야기가, 내가 극복한 시련들의 기록이, 내가 깨달은 진실들의 흔적이 고스란히 담겨 있다.

건강한 몸과 탄탄한 체력은 조금씩 줄어들었지만, 그 대신 마음의 근육은 더욱 단단해졌다. 젊은 시절 남의 말 한마디에도 상처받고 밤새 뒤척이던 예민함은 수그러들었다. 이제는 비바람이 불어도 부러지지 않는 나무처럼 유연함을 잃지 않는다. 돈이 인생을 좌우한다고 믿었던 시절도 있었고, 남들보다 앞서가야 한다는 조급함에 사로잡혔던 때도 있었다. 하지만 이제는 무엇이 진짜 소중한 것인지, 무엇을 위해 살아야 하는지를 조금 안다. 말씀과 기도의 삶, 친구와 나누는 따뜻한 대화, 아침 햇살의 고마움… 이런 것들이야말로 돈으로도 살 수 없는 진짜 보물이다.

이제 나는 흘러가는 시간을 두려워하기보다, 매일 아침 새로운 경험과 깨달음을 선물해 줄 오늘을 기대한다. 주름 하나하나에 새겨진 웃음과 눈물의 이야기가 모여 나라는 한 권의 책을 만들어 가는 것이다. 나이듦은 삶을 고스란히 잃어가는 과정이 아니다. 오히려 더 많은 것을 채워가는 아름다운 여정이다.

랄프 왈도 에머슨이 "우리는 성장할 뿐 늙지 않는다. 하지만 성장을 멈춘다면 비로소 늙게 된다"라고 말한 것처럼, 사람은 누구나 이 세상 사는 날까지 성장해 가는 존재이다. 새로운 것에 대한 호기심을 가지고 배우려고 노력해야 한다. 넓은 마음으로 세상을 읽고, 유연하게 살아야 한다. 여러 사람과 관계망 속에서 열린 마음으로 다가가 함께하며 삶의 얘기를 나누고 배워간다. 이렇게 하노라면 성장은 멈추지 않을 것이다.

나는 가끔 젊은 친구들에게 새로운 기능의 스마트폰 사용법이나 AI 활용법을 배운다. 이웃에게 잔디를 파랗게 잘 키우려면 무슨 거름을 주며 요즘 화단에 어떤 화초를 심으면 좋을까 물어본다. 때로는 나보다 마흔 살도 넘게 어린 친구들과의 단톡방에도 함께하며 인스타그램이나 스레드 사용법을 눈치껏 배우고 댓글도 단다. 나이 차이를 핑계로 담을 쌓는 대신, 그 차이를 젊은 세대에게 배울 기회로 만든다.

나이를 많이 먹었어도 모르는 게 많고 아직도 배울 게 참 많다. 세상을 열린 마음으로 다가가려니 늙었다고 넋두리할 틈이 없다. 배움으로 인한 성장이 멈추지 않는다면 늙지 않는다고 한 말이 되새겨진다. 이제 나이듦에 대해, 그리고 그런 삶을 즐기는 자신을 향해 환하게 미소 지을 수 있다.

나는 거울 속 주름진 얼굴을 보며 불평하지 않는다. 이 주름 하나하나가 내가 살아온 증거이고, 흰 머리카락 한 올 한 올이 내가 산 세월의 그림자라고 생각한다. 젊은 시절에 그토록 거부하고 싶었던 나이듦이, 이제는 담담하게 받아들이는 내 인생의 훈장이다. 진짜 나이는 마음이 얼마나 젊게 열려 있는가에 달려 있다.

노년에도 행복할 용기

우리는 모두 시간의 강물 위에 떠 있는 돛단배와 같다. 쉴 새 없이 흐르는 물결 따라 미지의 항해를 떠난다. 처음에는 돛을 펴고 힘껏 노를 젓는 데 몰두하지만, 어느새 강물의 속도에 몸을 맡긴 채 멀리 풍경을 바라보는 여유를 찾아간다.

자주 가는 파네라 브레드 빵집에서 구순에 가까운 라몽이라는 분의 일하는 모습을 보곤 한다. 그는 새벽같이 나와서 빵 굽는 일을 하고, 손님들이 오면 한두 마디 농담도 던지면서 즐겁게 일을 한다. 그 나이에도 일을 한다는 것이 멋지게 보인다. 그에게 일은 단순히 돈을 벌기 위한 수단만이 아닐 것이다. 은퇴 후 혼자 무료하게 시간을 보내는 대신 자신이 좋아하고 잘하는 일에 몰두함으로써 시간을 효율적으로 사용하고 있다. 그런 그의 생활 철학에 수긍할 뿐만 아니라 그의 용기와 당당한 삶에 부러움마저 든다.

커피 타임 멤버 중 한 분인 여든일곱 살의 장로님 얘기다. 그는 전부터 자율주행 차가 나오면 그걸 꼭 타보고 싶다고 했다. 운전석에 앉아서 핸들에 손만 대고 있으면 혼자 알아서 가니 얼마나 좋으냐며 꼭 사야겠다고 노랠 불렀었다. 이윽고 파란색 테슬라 차를 몰고 나타났다.

"모두 내가 자율주행 차를 산다니까 왜 그러냐고 하던데, 나도 편안한 차 한번 타고 싶어서 새 차 나오자마자 바로 사 버렸지. 앞으로 살날이 얼마나 된다고 망설이고만 있어? 하고 싶으면 하는 거야."

그는 타보니까 아주 좋다면서 다른 친구에게도 자율주행 차를 살 것을 권유하기도 했다. 자동주차를 안전하게 하는 모습을 보니 신기했다.

또 다른 멤버인 여든일곱의 심 권사님은 일흔 즈음에 장구를 배우기 시작해서 지금까지 이어오고 있다. 사물놀이팀이 공연하는 걸 보다가 직접 해보고 싶어졌다고 했다. 장구뿐만 아니라 일주일에 한 번씩 골프를 치러 다니며 건강하게 사는 모습을 대하노라면 존경스럽다.

　대학 동창 중 한 친구는 일흔 중반에 남편 고향으로 내려갔다. 친구 나름대로 계획이 있을 테니까 뭐라고 할 수는 없으면서도 은근히 걱정되었었다. 친구는 오래된 옛집을 수리하고 가꾸기 시작했다. 널찍한 앞마당엔 앵두나무며 살구나무를 심고, 화단에는 할미꽃을 비롯해 예쁜 꽃나무들을 심었다. 텃밭에는 해마다 고추며 깻잎이며 오이, 가지, 호박 들을 심어서 식구들 밥상을 건강하게 차릴 뿐 아니라 친구들에게 나눠 주는 기쁨을 만끽하고 산다. 봄이 오면 할미꽃이 피었다고 사진을 찍어서 단톡방에 올리고 앵두며 살구가 열릴 땐 열매를 따서 친구들에게 나눠 주기도 한다. 텃밭 농사일도 손이 많이 가기 때문에 힘들다면서도 해마다 조롱조롱 열리는 꽃과 열매들 보고 즐기는 그 맛에 그만둘 수가 없다고 한다. 처음 시골로 이사 갈 때의 우리 걱정과는 달리 자연을 즐기며 사는 친구가 대견스럽다.

　또 다른 친구는 몇 년 전에 그림을 배우기 시작했다. 처음 습작품을 보여주었을 땐 이제사 힘들게 뭐하러 저걸 배울까 하는 생각이 먼저 들었다. 시간이 갈수록 그녀의 그림 솜씨는 좋아졌다. 구도며 색감에 조화로움과 원숙함이 돋보이기 시작했다. 1년 넘게 그리더니 처음과는 확연하게 달라진 것을 알 수 있었다. 비록 시작은 늦었지만 배우겠다는 열정을 가지고 꾸준히 그림 그리는 모습에서 진정한 노년의 용기를 보았다. 남들의 시선 따위는 신경 쓰지 않고 자신이 좋아하는 일을 당당히 해내는 용기 말이다.

어떤 지인은 정년퇴직 후 손자들 뒷바라지를 해주며 손주 사랑에 힘든 줄도 모르고 돌봐 주었단다. 그런데 손주들이 다 자라 도움의 손길이 필요 없게 되니 손주들도 차츰 소원해지더라는 것이다. 며느리도 이젠 고맙다는 생각보다는 당연하게 여기는 것 같아 서운한 마음이 들 때가 있다고 한다. 한 푼 두 푼 아껴 모은 돈을 손주들 학비라도 보태줄까 맘먹고 있었는데, 최근 생각을 바꾸었다고 한다.

"손자 돌봐 준 친구들 얘기 들어봐도 아무 소용없더라. 나도 나를 위해 돈도 쓰고 시간도 쓰기로 했어. 평생 못 가본 외국 여행도 가보려고 해."

긴 세월 남을 위해 살아온 분이 처음으로 자신의 삶을 더 소중하게 인정하는 순간이었다.

미술대학 교수로 정년 퇴임 후에 아파트 생활을 청산하고 서울의 한 시니어타운으로 들어간 고등학교 동기가 있다. 그 친구가 시니어타운에 입주했다는 소식을 들었을 때 처음엔 이해가 되지 않았다. 의사 아들들도 있고, 내외가 건강이 나쁜

것도 아닌데 왜 시니어타운에 들어갔을까 의아하게 생각했다. 나중에 만나서 얘기를 들어보니 자식들한테 기댈 생각 전혀 없단다. 그리고 퇴임하고 나니 삼시 세끼 식사 해결하는 문제도 여간 힘든 게 아니더라고 했다. 친구 내외는 시니어타운에서 인생 2막을 제대로 즐기며 살고 있다. 전공 분야 일에 봉사 활동할 여유도 생겼고, 가끔은 식당에 놓인 피아노 앞에 앉아 '엘리제를 위하여' 같은 곡을 멋지게 쳐서 함께 식사하는 사람들을 즐겁게 해주기도 한단다. 부부가 각자 다른 취미 생활도 즐길 수 있고, 먹는 것과 주거 관리 신경 쓰지 않으니 노후 생활이 편안하다고 한다.

이런 변화를 선택하는 것들이 바로 나이듦 속에서 피어나는 새로운 용기다. 어깨 위 무거운 짐을 하나씩 내려놓으면서 오로지 자신을 위한 선택 말이다. '이 나이에 무슨…'이라는 편견, '자식 생각 먼저'라는 희생 강박, '사람들이 뭐라고 할까'라는 시선 의식 같은 것들을 하나씩 벗어던질 때마다 마음은 더 가벼워지고 자유로워진다. 물론 몸은 예전 같지 않다. 몸이 아프기도 하고 기억력도 떨어진다. 하지만 그 대신 얻는 것들이 있다. 젊은 시절에는 놓쳤던 소소한 행복들을 발견하는 눈이 생긴다. 동창들과의 단톡방에서 날마다 나누는 소식이며 좋은 글들, 커피 타임 때 즐기는 수다, 가끔 혼자 마시는 커피 한 잔의 여유로움까지도…

　나이듦은 피할 수가 없지만 결코 쇠퇴가 아니다. 오히려 불필요한 껍데기들을 벗겨내고 진짜 자신을 만나는 축복의 시간이다. 정년 퇴임 후 시니어타운으로의 이동, 칠순이 넘어 전원생활도 해보고, 혼자 여행을 가고, 그림을 그리고, 새로운 악기를 배우는 용기. 팔순에 책을 출간하는 일, 구순에 가까운데도 자율주행 차를 운전하는 일 등 이런 작은 용기들이 나이듦을 아름다운 여정으로 만들어 가는 게 아닐까.

　시간의 강물 위에서 우리는 여전히 항해 중이다. 이제는 급하게 노를 젓지 않아도 된다. 바람에 몸을 맡기고, 새로운 풍경을 즐기는 여유를 갖는 거다.

여전히 내 안에 빛나는 것을

나이가 많아도 마음속에는 여전히 표현하고 싶은 무언가가 있다. 때로는 세상의 시선이 나를 오래된 존재로 보아도, 내 안에 어른거리는 열정을 다시 꺼내 뭔가를 만들어 보고 싶다. 마치 오랜 세월 땅속에 묻혀 있던 원석을 캐내 깎고 다듬으면 선명하게 빛을 발하는 것처럼 말이다.

그것은 아마도 지난 세월 동안 겪었던 수많은 기쁨과 슬픔, 성공과 실패의 경험들일 수도 있다. 남편이 갑작스러운 병으로 쓰러졌을 때도 흔들리지 않았던 자제력, 사랑하는 이들을 향한 한결같은 마음, 그리고 일흔이 넘어서도 오디오 클럽 낭독 채널을 시작하고, 유튜브도 만들어 보며 하나씩 새로운 것에 도전한 것처럼 배움과 성장을 향한 끝없는 갈망이 쌓여 나만의 빛깔을 만들어냈을 것이다.

젊었을 때는 외부의 인정과 성취에서 자신의 가치를 찾으려 했다면, 이제는 내면 깊숙한 곳에서 들려오는 마음의 소리에 귀 기울인다. 그것은 거창한 것이 아니다. 아침에 일어나 창문을 열고 새소리를 들으며 텃밭에 자라는 푸성귀들과 철따라 피는 꽃들을 보며 우주의 생기를 느낄 때, 오랜 친구와 차 한 잔 마시며 나누는 대화에서, 혹은 혼자만의 시간에 책장을 넘기며 새로운 생각과 마주할 때 느끼는 소소한 기쁨들이다.

이런 순간들이 모여 내 삶을 빛나게 하는 진짜 보물임을 깨닫는다. 누군가는 젊음에서 에너지를 찾지만, 나는 쌓아온 경험과 지혜 속에서 더 깊이 있고 은은한 운치를 발견한다. 젊은 시절과는 다른, 성숙하고 우아한 빛을 밝히며 살고 싶다.

뇌과학에서는 나이 들면 암기력이나 기억력은 쇠퇴하지만, 통찰력과 창의성 같은 것은 무궁무진하게 확장될 수 있다고 한다. 실제로 팔순에 접어든 나는 매일 블로그나 브런치에 글을 올리고 있다. 글감을 찾고 그것을 정리하며 이야기를 엮어낸다. 블로그 글을 쓰기 위해 매일 내가 먹는 음식 레시피를 생각해야 하고, 사진을 찍어야 한다. 단순히 기록만 하는 것이 아니라, 삶의 지혜가 자연스레 스며든 새로운 이야기로 재탄생시키는 것이다.

이러한 것은 앞으로 걸어갈 길을 밝혀주는 등대이자, 새로운 도전을 향해 나아갈 용기를 주는 원천이다. 나는 여전히 글을 쓰고, 새로운 것을 배우며, 사람들과 마음을 나누기를 좋아한다. 내 안의 열정이 닿는 곳마다 온기를 전하고 싶다. 그것이 산책길에서 마주친 낯선 사람에게 건네는 따뜻한 미소일 수도 있고, 어려움에 처한 이웃에게 내미는 작은 도움의 손길일 수도 있다.

젊은 세대에게 전하는 삶의 경험담을 통해 그들이 자신만의 길을 찾아가는 데 작은 나침반 역할을 할 수 있다면 더할 나위 없이 좋겠다. 육체의 노화는 자연의 순리이지만, 영혼의 빛은 결코 사라지지 않는다.

2장

건강
늦지 않았습니다.
건강 루틴이 삶을 바꿉니다

"루틴은 나이 들수록 강력하다.
식습관과 삶의 습관이 삶을 지킨다!"

몸이 보내는 경고

왜 속이 편하지가 않지? 명치에 뭔가가 매달려 있는 것 같다는 이 느낌은 뭘까? 몸에 뭔가 탈이 난 것 같은데, 어떻게 해야 하나 고민하다가 마침내 병원을 찾았던 적이 있다. 의사는 위염이라고 했다. 그때가 아이들 키우며 직장 생활을 하던 중년의 할 일 많고 바쁜 시기였다. 처방 약을 며칠 먹었더니 증상은 서서히 사라졌다.

하지만 그 후에도 스트레스를 받거나 음식을 잘못 먹으면 그런 증상이 가끔 나타났었다. 위염이 시작될 것 같다는 것을 눈치채게 되니까 음식 섭취에 신경을 쓰게 되고, 그래도 낫지

앓을 땐 병원을 찾았다.

문제는 위에 탈이 나면 단순하게 소화가 안 되고 불편할 뿐만 아니라, 머리도 아프다. 위염을 동반한 두통은 견디기가 힘들다. 뭣보다 해야 할 일들을 앞에 두고도 마음만 해야지 싶을 뿐 몸이 말을 듣지 않아 더 힘들었다.

그런 증상이 비치기 시작하면 대처할 방법을 찾게 된다. 위가 탈이 났을 땐 음식 섭취에 무엇보다 신경을 써야 한다. 그럴 때 누룽지를 끓여 먹으면 좋다. 누룽지는 해독작용을 하고 소화 기능을 개선하는 효과가 있다고 한다. 실제로 내가 위에 탈이 나거나 입맛이 없을 때 누룽지를 끓여 먹고 속이 편한 걸 경험했다. 그 밖에도 흰죽이나 녹두죽을 뭉근하게 끓여서 먹으면 부드러운 식감과 구수한 국물맛이 입안을 감돌며 입맛을 돋게 해준다.

10여 년 전에 내 몸에 건선이 생긴 걸 처음 알게 된 건 피트니스에서 수영을 마치고 샤워를 하고 나와서였다. 수건으로 몸을 닦다가 평소와 다르게 팔꿈치 피부가 거칠게 느껴졌다. 눈으로 확인해 보니, 수영하느라 물에 불어서 그런가 아니면 때를 덜 닦았나 할 정도이기에 며칠을 더 두고 보았다. 그리고 수영을 마친 후에는 그때마다 팔꿈치를 야무지게 닦았다. 평소에 사용하지 않던 때수건까지 동원해서 닦아 보아도 뭔지 모를 거친 자국은 없어지지 않았다.

그렇게 얼마의 시간이 지난 후 정기 검진차 병원에 갔었다. 가정의학과 의사를 만난 김에 얘기했더니 건선인 것 같다고 피부과로 가보라고 했다. 그때는 남편이 항암 투병을 하고 있던 때라 피부과에 다닐 경황이 없었다. 가정의에게 약을 처방해달라고 부탁해서 바르는 약 처방전을 받아 왔었다. 약국에 가서 약을 받아 와서 며칠 발랐더니 신기하게도 꺼칠꺼칠하던 피부는 감쪽같이 사라지고 다른 피부와 똑같아졌다.

그렇게 안심하고 얼마간 지내다 보면 다시 피부가 달라지곤 했다. 그럴 때마다 연고를 바르고 나빠졌다 좋아지기를 반복하며 몇 년을 지냈다. 그런데 연고를 바른 부위의 피부가 얇아지는 듯한 느낌이 들었고, 색깔도 약간 변하는 것 같았다. 그때 신통한 효과를 본 연고에 대해서 알아보았더니 스테로이드가 포함된 연고였다.

스테로이드는 양날의 검과 같다. 신통한 효과를 보는 한편 부작용도 만만치 않다. 임시방편으로 사용하던 스테로이드 연고를 계속 발라서는 안 되겠다는 생각을 하고 중단했다. 할 수 없이 피부과에 가서 진료를 받았고, 먹는 약 처방을 받아서 복용했었다. 하지만 약 부작용을 겪었기에 병원 진료를 멈춰야 했다.

그 후 나는 자연치유에 관심을 가졌다. 혼자 책을 찾아보고 여러 경로를 통해 자연치유에 관한 공부를 했다. 공부한 대로 자연치유에 도움 되는 음식을 먹고 운동을 하며 생활 습관을 바꿨다. 되풀이되던 위염 증상이 사라졌고, 건선도 좋아진 경험을 했다.

사실 위염이나 건선은 상관이 없는 질병이고 몸이 보내는 경고도 다르게 왔다. 내가 자연치유에 관심 가지고 공부하며 실천했더니 두 가지를 다 극복한 셈이다. 그때 식습관이며 생활 습관 등을 리셋시켜서 내 몸을 꾸준히 관리해야 한다는 것을 깨달았다.

평소 우리 몸이 보내는 경고에 귀를 기울여서 방법을 모색하는 게 중요하다. 나는 유기농 채소 위주로 음식을 만들어 먹고, 매일 산책을 하며, 틈틈이 스트레칭을 한다. 그것이 나를 치유하고 살리는 길임을 알기에, 큰 욕심 안 부리고 내가 할 수 있는 것들을 꾸준히 실천하고 있다.

건선을 통해 내 몸을 배우다

고명환 작가의 『고전이 답했다』를 읽었다. 생각에 잠기게 하는 한 대목이 있었다. 생텍쥐페리가 쓴 『인간의 대지』에 관해 인상 깊었다고 언급한 구절 뒤의 이런 내용에서다. 친구 네리와 죽음에 이를 정도의 위험한 비행을 마친 후 돌아와서 식탁에 앉는다. 따스한 빵과 커피 한 잔에 생명의 아침 선물이 담겨 있다고 한다. 따뜻한 크루아상과 한 잔의 커피를 대하는 표현이 소름 끼친다. 여기서 고명환 작가는 밥 한 숟가락에서 인생의 충만한 기쁨을 맛보기 위한 전제로 치열함을 들었다.

오늘 하루 나의 식사는 자연치유식이다. 생텍쥐페리와 같은 남다른 위험을 겪은 것도 아니고 치열한 쟁취를 할 만한 삶도 아니다. 그러나 나는 5년 넘게 자연치유식을 하고 있다. 건강한 식재료를 선택하고, 무엇을 안 먹는 게 좋고 어떻게 먹는 게 좋은가에 대해서 공부하며 실천하고 있다. 내가 건강한 음식에 관심 가지고 공부하며 실천하는 것은 남들이 안 겪는 질병 때문이다. 피부에 빨갛게 발진이 생기기 시작하면 몹시 가렵고 고통스러운, 건선이라는 것이 내 몸에 생겨서 치유의 절실함을 느꼈기 때문이다.

피부에 나타나는 이런 질환은 남들 눈에 띈다. 전염은 안 되는 데도 남의 시선과 관심이 부담스럽기도 하고, 주눅 들 수도 있다. 건선에 영향을 주는 음식을 잘못 먹거나 하면 피부는 곧장 반응한다. 그럴 땐 몹시 가렵다. 밤엔 잠을 잘 수가 없다. 아무도 이해할 수 없는 본인만이 겪는 고통은 뭐라 표현하기 힘들다. 거기에 다른 사람들의 시선까지 신경 써야 하기에 더 괴롭다.

다 나았다 싶었던 건선이 언젠가 외식을 한 후 스멀스멀 다시 돋기 시작해서 힘든 때였다. 딸이 요즘 괜찮냐고 전화로 안부를 물었다. 건선이 다시 돋아나서 괴롭다고 했더니, 뜻밖에도 이런 말을 하는 것이었다.

"엄마, 속에 생긴 병은 어디가 어떻게 나빠진 건지 볼 수도

없고 알 수 없잖아. 근데 엄마의 경우는 바깥으로 보이는 병이
니 오히려 감사해야 해요."

듣고 보니 그렇기도 했다. 힘들다고 불평하기보다 겉으로
드러난 것은 대처할 수 있으니 오히려 감사하라는 말에 수긍
했다.

어떤 상황이든 받아들이기 나름이다. 내 몸에 건선이 생긴
이후에 건강에 관한 책을 많이 읽었다. 그리고 식생활에 관심
을 가지고 마크로비오틱 공부도 하여 식생활관리사 자격증도
땄다. 건선 자연치유식 요리를 하는 데 도움이 많이 된다.

나의 자연치유식 건강 레시피는 특별한 게 아니다. 아침엔
로메인 상추 한 줌과 당근 1개, 대추야자 2개를 넣고 스무디
를 만들어 마신다. 매일 똑같은 재료로 만들지는 않는다. 기본
적으로 케일이나 양배추, 샐러리 같은 잎채소와 당근, 연근,
무 같은 뿌리채소에 사과 반 개를 넣거나 대추야자 두세 개 정
도 넣어서 만들어 마신다. 스무디를 만들지 않을 땐 사과나 베
리류도 즐겨 먹고, 삶은 계란이나 낫또라든가 템페 혹은 생청
국장을 먹는다.

점심엔 기장이나 조, 수수, 야생쌀에 현미나 콩도 조금 섞
고 다시마랑 표고버섯도 넣어서 압력솥에 잡곡밥을 짓는다.
현미나 콩 종류는 저녁에 담갔다가 사용하면 좋다. 점심 식사

에는 생채소 샐러드를 곁들이거나 익힌 나물 반찬을 해 먹는다. 단백질 섭취에도 신경을 쓰기 때문에 유기농 방사 계란이나 닭고기며 연어나 황태, 오리고기, 양고기, 풀 먹고 자란 소고기 같은 것을 돌려가면서 요리해 먹는다.

저녁은 좀 일찍 간단하게 먹는다. 찐 고구마와 백김치를 자주 먹는다. 여기에 아보카도, 키위를 곁들이기도 한다. 단호박이나 채소 수프를 먹기도 한다. 황태 미역국에 두부 썰어 넣어서도 잘 먹는다. 식물 속에도 영양 성분들이 골고루 들어있어서 헛헛하지는 않다. 건강해지기를 바라는 간절함과 절실함이 있으면 음식의 맛보다 건강한 음식을 챙겨 먹게 된다.

절실함이 있기에 자연치유식을 5년 넘게 지속할 수 있었다. 필요한 영양소를 골고루 섭취하려고 노력한다. 자연치유식을 실천하다 보니 나의 전반적인 건강은 오히려 좋아졌다. 매일 30분씩 산책을 하고 일주일에 한 시간씩 요가와 줌바 수업에도 참여하고 있다. 전에 소홀히 했던 글쓰기도 하고 있다.

건선이라는 질병에서 벗어나기 위한 절실함이 있었기에 식생활에 신경을 많이 썼다. 라이프 스타일도 바꾸게 되니까 삶의 활력이 생기는 걸 느낀다. "우리 안에 있는 자연치유력이야말로 모든 질병을 고치는 치유제이다"라고 한 히포크라테스의 명언에 전적으로 공감한다.

파가노 요법, 그렇게 식탁이 바뀌었다

어릴 때 할아버지 밥상머리에 앉아서 들었던 말씀 중에 지금도 생각나는 게 있다. "밥 먹는 모습이 참 복스럽기도 하구나. 네 밥 먹는 모습만 봐도 배가 부른 것 같다"라고 하셨다. 반찬 투정하지 않고 어린 손녀가 밥을 맛있게 잘 먹는 모습이 귀여우셨던 모양이다.

건강에 적신호가 생기기 전까지는 누구나 음식에 특별히 신경을 쓰지 않고 자기 입맛에 맞는 것을 잘 먹는다. 나는 특별히 싫어하거나 안 먹는 거 없이 다 잘 먹었고, 고기보다는 나물 반찬을 즐겨 먹는 편이었다. 국수나 부침개, 떡을 좋아했었는데 지금 생각하니 그게 건강에는 안 좋은 거였다.

내게 건선이란 게 생겨서 치유가 필요함을 절실히 느끼기 전까지는 음식에 크게 관심을 가지지 않고 살았다. 내게 자가 면역질환의 일종이라고 하는 건선이 생기고부터 그 질병을 알려고 노력했다. 관심 가지고 공부하다 보니 음식이 큰 영향을 끼친다는 것을 알았다. 자연히 어떤 음식이 치유에 도움을 주고 어떤 것이 나쁜 영향을 주는가를 생각하게 되고 가려서 먹게 되었다. 치료 초기엔 처방받은 약도 먹어 보았다. 약으로 인한 부작용이 생겨서 자연치유를 택하게 되었다.

그러는 과정에서 『건선의 자연치유 파가노 요법』 책을 접하게 되었다. 그 책을 사서 읽고 공부하면서 카페와 단톡방에도 가입했다. 거기서 정보도 서로 나누며 자연치유 음식에 깊은 관심을 가지고 책에 있는 레시피를 따라 해보기도 했다. 그 책에는 건선의 원인과 치유에 도움 되는 내용이 적혀 있다. 지푸라기라도 잡고 싶은 심정으로 읽고 또 읽으면서 음식에 특별히 신경을 썼다.

파가노 요법에선 대체로 알칼리성 식품을 70~80%로, 산성 식품을 20~30% 비율로 먹는 게 좋다고 한다. 여기서 알칼리성 식품이라면 식물성 위주의 식품이 되지만 식물성 중에서도 채소 위주의 식단이다. 곡물 중에는 조, 기장, 수수, 야생

쌀을 제외하고는 거의 산성에 속한다. 그리고 붉은 고기, 유제품, 튀김류, 초가공식품, 설탕, 조개류, 갑각류 등을 피해야 하고, 가지과 식물은 금기 식품에 속한다.

평소에 어떤 음식이든 별로 가리지 않고 먹다가 파가노 요법을 하려니 가리고 피해야 할 것들이 많아서 식단을 짜기가 쉽지 않았다. 그렇게 함으로써 건선에서 벗어날 수 있다니 단단히 각오하고 실천해 보겠다는 마음이 생겼다. 파가노 요법을 제대로 실천하고서 완치 사례가 있다는 건 고무적인 일이었다.

그 책의 공동 번역가 이스타 님을 온라인상에서 만났다. 미국에서 간호사를 했고 남편의 건선을 파가노 식이요법으로 완치시킨 경험이 있는 분이다. 건선 자연치유를 위한 멘토링 과정을 한다기에 참석을 했다.

줌으로 참석을 하면서 열심히 따라 했다. 관련 책을 읽고 운동도 하고, 음식은 유기농 채소와 과일 등 알칼리성 식품 위주로 바꾸게 되었다. 매일 8,000보 걷기도 했고, 『햇빛의 선물』이라는 책을 비롯해 관련 책들을 여러 권 읽었다. 멘토링 과정 중에 읽은 책 영향으로 아침 해뜨기 전에 나가서 해가 뜨는 모습을 보면서 눈 운동도 해보았다.

당시 가장 중점적으로 실천한 것은 매일 아침 식전에 그린

스무디를 만들어 마시는 것과 물 마시기였다. 파가노 요법에서 중요시하는 스무디 만드는 방법은 이렇다. 잎채소 두세 가지와 뿌리채소 두세 가지를 섞어서 공복에 마시는 것이다. 처음에는 채소만 갈아서 마시기는 힘들기에 과일을 섞기도 하고, 대추야자를 섞어서 만들었다.

스무디를 만들어 마시는 습관을 기르는 것도 처음엔 쉽지 않았다. 아침에 일어나서 물 한 잔부터 마신다. 스무디 재료를 꺼내 씻고 썰어서 믹서기에 간다. 아침 식전에 500ml 정도를 마신다. 채소를 그냥 먹게 되면 많은 양을 먹을 수가 없다. 스무디를 만들어서 먹으면 많은 양의 채소를 먹을 수 있고 흡수력도 좋다. 점심에는 밥과 반찬을 골고루 먹되 야채 샐러드를 자주 만들어 먹는다.

처음 파가노 요법을 시작한 게 코로나19 펜데믹이 시작할 무렵부터였다. 5년이 지났다. 요즘도 거의 매일 아침에 스무디를 만들어서 마신다. 같은 레시피로 만들기도 하지만, 그때그때의 채소에 맞게 조금씩 다르게도 한다. 무슨 채소를 어떻게 조합해서 만드냐에 따라서 맛과 색상도 다르다. 만들 때마다 오늘은 무슨 색이 나올까, 무슨 맛일까 기대하게 된다.

매일 아침 스무디를 만들어 마시고, 건강한 음식을 해 먹으면서 블로그에 그 레시피를 올리고 있다. 내 블로그의 메인 카테고리가 '자연치유 힐링 푸드 테라피'다. 매일의 식사가 자연치유 힐링 푸드로 바뀌었다. 즐거운 마음으로 이것저것 연구하면서 만들어 먹는 나만의 레시피도 아낌없이 나누고 있다.

기존의 식생활 패턴과 달리 내 입맛에 맞고 좋은 것을 먹기보다 자연치유에 좋은 것을 먹는다. 내 몸을 치유하는 데 무엇이 좋고 나쁜가를 먼저 생각하고 식단을 짠다. 이렇게 치유에 도움 되는 것 중심으로 가려 먹다 보니 내 사정을 알 리 없는 주변 사람들로부터 별나다는 소리도 들었다. 얼마나 살겠다고 그렇게 가려먹느냐는 것이었다. 아무거나 먹을 수 없는 나는 얼마나 힘들겠는가. 처음에는 굳이 날 이해해 달라고는 하지 않았다. 그러다 내가 자가면역질환의 일종이라고 알려진 건선을 가졌기 때문에 가려 먹어야 한다고 사정 표현을 할 때가 있다. 그러면 대개 수긍을 한다.

내 병은 내가 알아서 치유하려고 노력해야 한다. 『건선의 자연치유 파가노 요법』을 교과서 삼아 기본적인 식생활 패턴을 알칼리성 식품 위주로 바꾸었다. 파가노 요법을 실천하게 되면 유기농 채식 위주, 자연식물식 위주의 식단으로 바뀌게 되어서 염증 반응을 줄이고 장 건강을 개선해 준다. 실제로 나는 위염과 장상피화생을 진단받았던 것에서 벗어났다. 이렇게 자연치유가 내 몸에서 일어난 것을 체험했고 내 삶을 활력 있게 해주었기 때문에 나는 앞으로도 꾸준히 이 식습관을 실천하며 건강을 지켜나가려고 한다.

내 몸을 살리기 위한 전환점

내가 몸의 건강 유지에 관해 관심을 가지기 시작한 건 50대 즈음의 그 일 때문이 아닐까 생각한다. 건강보험공단에선가 어느 기관에서 건강 관련 연구를 위한 것이라며 진행한 건강 유지 비결에 관한 설문에 답을 적어 보내준 적이 있었다.

여러 장의 설문 내용 중에 생각나는 것은 그 나이에 처방약 하나 먹지 않고 건강한 비결이 무엇이냐고 묻는 항목이었다. 건강 비결에 관한 나의 답은 '나물 반찬에 세끼 밥을 잘 챙겨 먹는 것'이었다. 신앙생활의 중요성도 적었다. 사실 그 외엔 음식이나 운동에 특별히 신경을 쓴 건 없었다. 고기나 우유, 유제품, 튀김류, 초가공식품은 그때나 지금이나 별로 좋아하지 않는다.

늘그막에 생긴 건선 때문에 자연치유 파가노 요법을 공부했고, 자연치유식을 하는 데 도움을 주는 마크로비오틱도 공부했다. 자연치유를 위해서는 건강한 식재료에 어떤 것이 있으며, 어떻게 요리해 먹는가에 관심을 가지지 않을 수 없다. 주부라면 누구나 웬만한 가정식 요리는 다들 잘할 수 있다. 나름대로 요리 노하우도 생기기 마련이다. 일반인을 위한 요리를 하는 것과 질병 치유를 위한 요리는 조금 다르다. 그래서 요리를 배워 보자는 생각이 들었다.

마크로비오틱은 동양의 자연 사상과 음양 원리에 뿌리를 두고 있다. 넓은 관점에서 생명을 바라보고 건강하게 장수하기 위한 목표로, 되도록 식재료의 맛과 모양을 살려서 요리한다. 자연친화적인 식이요법이자 생활 방식이요 학문이라 할 수 있다. 한국에 가서 배울 여건이 되지 않아 미국에서 온라인으로 공부를 했다. 요리 실습 과정 사진을 일일이 찍어서 보냈고, 잘못된 것은 다시 실습해서 올리며 기초 과정을 마쳤다. 1년이 지난 후 한국에 가서 직접 참여하면서 마크로비오틱 식생활관리사 자격증도 땄다. 이것은 건선이 내게 준 삶의 변화 중 하나다. 건선이 아니었다면 요리를 공부할 엄두조차 내지 않았을 것이다.

마크로비오틱을 공부하면서 특별히 다른 점이 무엇일까 생각해 보았다. 마크로비오틱에선 식재료와 요리하는 과정을 중요하게 여긴다. 되도록 로컬푸드를 중심으로 유기농 식재료를 구입한다. 재료와 요리 종류에 맞게 조리하고 열 조절을 잘해야 한다. 센 불에 빠르게 요리하기보다 슬로푸드로 뜸을 들여서 건강한 음식을 만든다. 또한 강한 양념으로 음식의 맛을 내기보다 재료 자체의 맛을 살리는 요리를 원칙으로 한다.

별것 아닌 것 같지만 마크로비오틱 요리 원칙을 지키는 것은 건강에 좋은 영향을 미치는 것만은 확실하다. 예를 들면, 소화가 잘 안 되거나 할 때 집에 있는 채소들을 꺼내 채소찜을 해서 먹으면 좋다. 이럴 때 무심한 듯 툭툭 썬 채소들을 찜기에 넣고 잠깐 쪄서 불을 끈 후 1분쯤 뚜껑을 열지 않은 채 뜸을 들인다. 기다리면서 솔솔 풍겨 나오는 채소의 특유한 향을 맡는 것도 좋다. 찐 채소에 간장과 파, 마늘, 깨소금과 들기름 넣고 손으로 살살 버무려 먹거나 소스를 찍어 먹으면 소화도 돕고 원재료의 풍미도 살리는 간단한 요리가 된다.

마크로비오틱은 식재료 본연의 맛과 모양을 살린 요리로 생명을 살리는 요리다. 여기에는 예로부터 알려진 식약동원 또는 약식동원이라는 말에 담긴 '음식과 약의 근원이 같다'는 의미와 그 철학이 담겨 있다. 그것이 내가 하고 있는 건선 자연치유 파가노 요법과도 맞닿아 있다.

질병 없이 건강하게 살기 위해서는 젊어서부터 건강에 관심을 가져야 한다. 병이 찾아오고 나서 병을 고치는 것보다 예방하는 것이 중요하다. 나는 아쉽게도 건선이라는 질병을 얻고 난 후에야 건강을 챙기게 되었다. 늦었다고 생각할 때가 제일 빠르다는 말이 있다. 질병을 얻고 나서부터 바른 식생활 습관을 실천하고 운동도 열심히 하여 체력을 유지하고 있다. 건강하고 편안한 노후를 보내려면 바람직한 생활 루틴을 젊어서부터 잘 지키는 게 좋다.

건강 루틴은 나를 지키는 기술

조승우 한약사가 쓴 『내 몸을 살리는 습관, 죽이는 습관』에 보면, 건강을 지키는 것은 크게 세 가지로 60%가 음식, 30%가 수면, 그리고 10%가 운동이라고 한다. 그 외에 여러 가지가 영향을 미치지만 우리에게 가장 큰 영향을 주는 것은 이들 세 가지라는 것이다. 건강하게 잘 살고 싶다면 우선 이것들을 효과적으로 잘 관리해야 함을 강조한 것이다. 운동과 산책은 건강한 하루 일과에서 빼놓을 수 없다. 자신에게 맞는 운동을 매일 함으로써 몸을 단련함과 동시에 숙면에도 도움을 주기 때문이다.

아침에 눈 뜨면 침대 위에서 10분 정도 스트레칭을 한다. 먼저 두 팔을 머리 위로 뻗고 크게 기지개를 켠다. 침대 위에서 하기 좋은 스트레칭 중 이런 동작은 하루의 시작을 생기있게 해준다. 팔과 다리를 높이 들고 손발을 터는 모관운동을 한다. 다음으로 요가에서 하는 발 운동의 하나로 발끝을 위로 보게 했다가 평평하게 하고 이어서 발목을 좌우로 돌려주는 동작을 한다. 누운 자세에서 무릎을 세우고 엉덩이를 높이 들었다 놓는 브릿지 운동이며, 가끔 합장합척 운동도 한다. 각자에게 맞는 동작으로 아침을 깨우는 스트레칭을 하면 하루가 활기차다.

몸의 유연성과 균형 감각을 키우고 활력을 찾기 위해 나는 요가와 줌바 댄스 클래스에 다닌다. 줌바 댄스를 할 때는 땀이 비 오듯 한다. 격렬한 동작을 하는 중간중간에 시계를 보면서 언제 끝나나 하는 생각이 들기도 하고, 좀 쉬었다 할까 하는 생각이 들 때도 있다. 그러면서도 반 정도 시간을 넘기고 나면 속으로 끝날 시간이 가까우니까 견뎌야지 하면서 끝까지 따라 하게 된다. 요가 동작은 심신을 편안하게 해준다. 각각의 동작들을 힘들다는 생각하지 않고 즐기면서 잘 따라 한다. 아무래도 나한테는 동적인 줌바보다는 정적인 요가가 더 잘 맞는 모양이다.

스트레칭은 노년에 이를수록 꼭 해야 한다. 몸이 유연해지도록 하고, 나쁜 자세로 굳어지지 않도록 작은 움직임부터 매일 꾸준히 하는 것이 좋다. 젊을 때는 시간이 없다는 핑계로 스트레칭이나 운동을 게을리했다. 우리 몸은 하루아침에 어떤 결과가 나타나는 게 아니다. 나중에 어떤 증상이 나타나고 난 다음에 후회하지 않으려면 몸을 많이 움직이는 것이 좋다.

마음만 먹으면 짬짬이 틈새를 이용해 스트레칭이나 운동을 할 수 있다. 목 운동은 운전을 하다가 신호 대기 시에도 할 수 있고, 손이나 발 운동은 의자에 앉아서도 할 수 있다. 까치발 운동이나 스쿼트 같은 것도 믹서기를 돌리며 기다리는 동안에도 할 수 있다. 하겠다는 마음만 먹으면 할 수 있는 동작들이 많으니 각자 생활양식에 맞게 습관화시키면 건강에 도움이 된다.

가장 기본적이면서 매일 하는 것으로는 산책을 겸한 걷기이다. 매일 걷거나 조깅을 하는 습관을 들이면 건강을 유지하는 데 큰 도움을 준다. 산책은 운동도 되지만 자신의 내면과의 소통, 자연과 대화를 하는 시간이다. 걸으면서 여러 가지 구상이나 명상도 할 수 있고, 복잡한 생각들을 정리할 수 있다. 때로는 글감이나 시상을 떠올리기도 한다. 요즘은 산책 코스 중에 새로 생긴 스물한 개의 계단을 오르락내리락하며 하체 근력 강화에도 힘쓴다.

몇 해 전에는 동네 친구랑 매일 아침 6시에 나가서 걷기를 했었다. 한 2년 정도 하다가 친구는 직장 일정 때문에 못 하고, 나는 자주 여행을 하다 보니 그 루틴이 깨졌다. 그때 당시 힘은 들었으나 함께하는 산책 시간이 이웃 친구와 매일 만나는 루틴이 되어서 좋았었다. 이른 시간에 일어나는 게 처음엔 스트레스가 되기도 했다. 아침형 인간이 아닌 경우에는 일찍 일어나는 게 부담스러울 수 있다. 새벽형이 아닌 내가 스트레스를 받아가면서도 2년을 계속할 수 있었던 것은 친구와의 약속을 지키기 위함이었다. 그리고 아침에 만나는 순간부터 30분 걷는 동안에 이런저런 얘기들을 나누는 게 좋았다.

영어가 익숙하지 못한 내가 아침마다 영어로 30분간 얘기를 주고받는다는 게 스트레스일 수도 있겠지만 난 즐거웠다. 한국 친구를 만나서 대화하듯 밤새 별일 없었냐는 인부부터 시작해서 전날 일어난 일이며 하루 일정 등 이런저런 얘기를 나눈다. 걷는 동안에 눈에 들어오는 나무, 새, 꽃, 호수 같은 풍광이며 자연에 대해서 느낀 그대로를 표현하면서 즐겁게 산책을 한다. 나는 일단 떠오르는 생각부터 한 마디 던져 놓고 단어가 떠오르지 않아 끙끙거리기 일쑤지만, '잠시만' 하면서 핸드폰의 번역 기능을 활용하기도 한다.

산책 시간은 계절 따라 형편 따라 바뀌기도 한다. 날씨가 더울 때는 아침 일찍 아니면 저녁 시간을 택할 수밖에 없다. 저녁 시간에 나가면 아름답게 타오르는 저녁노을도 볼 수 있고, 여름엔 반딧불이의 향연을 볼 수 있어서 좋다. 운동 시간이나 산책 시간은 각자 생활 패턴에 맞게 선택하는 게 마음이 편하고 꾸준히 하게 된다.

건강 루틴 만들기는 삶의 가치를 어디에 두는가에 따라 차이가 날 수 있다. 그렇기 때문에 운동 루틴 기술 또한 다양하다. 나의 루틴은 높은 목표를 달성하기 위한 도전을 하거나 그런 것은 아니다. 내가 할 수 있는 범위 안에서 무리하거나 몸을 힘들게 하지 않으면서 내게 알맞은 루틴을 택하고 있다.

매일의 운동 루틴을 통해 자신을 가다듬고 몸을 단련하여 활력있는 삶을 누릴 수 있어서 좋다. 그뿐이겠는가. 내 루틴 중 하나인 산책을 통해서는 가끔 스쳐 지나가는 사람들과도 가벼운 인사를 나누기도 하고 이웃과의 교류를 도모한다. 자연과의 대화를 통해 힐링도 하며 창의적인 사고를 하게 되어서 보람을 느낀다.

외식과 맛의 유혹에서 나를 지키기

내가 한국어린이육영회 생활관 지도교사로 일할 때였다. 한 달에 한 번꼴로 생활관에 들어가서 3박 4일간 진행되는 교육 일정에 참여하느라 집을 비우곤 했다. 미안한 마음으로 집에 돌아오면, 딸들은 엄마가 없을 때 아빠랑 나가서 짜장면 사 먹었었다고 내 눈치를 살피듯 말했다. 엄마만 빼고 아빠랑 외식한 게 미안했던 모양이다. 교육 들어가기 전에 밤샘하다시피 해서 냉장고에 먹을 것들을 잔뜩 준비해놓고 가건만 집에 있는 식구들은 그 틈을 노린 듯 외식을 했다.

외식하러 가자고 하면 아이들은 무작정 좋아한다. 평소 집에서 안 먹던 음식을 먹게 되니까 좋아할 이유가 충분하다. 반면에, 나이가 든 사람 중엔 음식 하는 게 성가셔서 외식을 선호하게 된다는 사람들도 있다. 어쨌거나 대부분의 사람은 외식할 기회가 오면 작은 기대감에 부푼다.

그러나 나는 요즘 외식을 피한다. 건선 때문이다. 외식만 하면 자주 탈이 나곤 한다. 집에서 자연치유식을 한 지 5년이 넘다 보니까 입맛도 변했다. 무엇보다 다 나았다 싶은 건선이 다시 돋아나기도 해서 외식은 겁이 난다. 이런 시행착오를 몇 번 되풀이하고 난 뒤부터 외식의 유혹에 빠지지 않으려고 부단히 노력하고 있다.

하지만 피치 못할 때도 있다. 축하 자리나 친선 모임이 있을 땐 내 사정만 생각하여 참석하지 않겠다고 말하기는 어렵다. 속으로는 안 갔으면 좋겠는데 하면서도 뿌리치지 못하고 어쩔 수 없이 어울려 외식을 하게 되는 경우가 생긴다.

최근에도 그런 일이 있었다. 오랜만에 만난 친구가 식사를 함께하자고 하는데 빠지기가 곤란해서 참여하고 말았다. 중국 뷔페라서 내가 먹을 것만 가져와서 먹기는 했다. 문제는 종류별로 맛보고 싶은 게 너무 많아서 욕심을 부리게 된다는 점이다. 난 과일 한 접시부터 담아 와서 먹고 야채를 가지러 갔다. 야채도 중국 뷔페에선 기름지게 볶은 게 많다. 콩깍지 상태로

찐 콩이며 샐러드를 좀 담고, 닭고기와 브로콜리 볶은 것, 버섯 볶은 것 등을 한 접시 담아 와서 먹었다. 세 번째 접시에는 초밥 2개 담고, 생선이 보여서 작은 토막 1개를 담았다. 딤섬 코너에선 타로 만두 2개를 담고, 연잎에 싼 찰밥도 담아 와서 맛있게 먹었다.

뷔페식당에서 3접시를 담은 건 다른 사람들과 비슷하다. 내용물이 다를 뿐이다. 옆자리 친구는 게 한 접시부터 채우고, 고기며 자신의 식성에 맞는 것을 3접시 정도는 먹었다. 어쨌든 그날 나도 뷔페식당에서 배부르게 먹었다. 돌아와서 며칠간 속이 안 좋아서 고생했다. 먹고 싶은 종류를 제한한 때문인지 다행히 건선은 재발하지 않았지만, 3접시는 과했던 모양이다.

대체로 외식을 하게 되면 평소보다 과식하게 될 때가 많고, 몸에 안 좋은 것을 먹게도 되기 때문에 피하려고 애쓴다. 가까이 지내는 친구들과는 핑계를 대고 빠지는 경우가 많다. 그래도 더러 피자집에 같이 가거나 하면 나는 샐러드만 먹는다. 그 모습이 안쓰러워 보이는지 피자 한 쪽만 먹어 보라고 권할 땐 거절하지 못하고 한 조각 먹게 된다. 그날 저녁엔 탈이 나기 일쑤다. 몇 번 그런 일을 겪고 나서부터는 외식하러 가자고 하면 나는 외식 때문에 탈이 나서 고생했던 일을 핑계

대고 피한다.

　내 몸을 지키기 위해서는 여러 가지 노력을 해야 한다. 맛난 음식의 유혹에서 벗어나야 하고, 잦은 외식은 피해야 하고 과식을 하지 않아야 한다. 잘하고 있다가도 한 번의 외식으로 무너질 때가 있다. 몇 번의 고통스러운 시행착오를 경험한 후에 나는 건강상의 이유를 대며 외식을 피하려고 애쓴다. 외식을 피하고 맛난 음식의 유혹에서 벗어나기 위해서는 거절할 용기가 필요하다.

건강은 공짜가 아니다

수년 전 미국 수도 워싱턴 D.C의 한국 전쟁 참전 용사 기념관을 방문했을 때다. 기념비에 'Freedom is not free'라고 새겨져 있었다. 자유는 공짜가 아니다. 거저 얻어지는 것이 아닌 고귀한 희생의 대가라는 위대한 교훈을 받았었다. 희생자들 이름 앞에서 고개 숙여 경의를 표했다. 숙연해지지 않을 수 없었다.

'Freedom is not free(자유는 공짜가 아니다)'라는 그 문구를 마주하며 느꼈던 숭고한 감동은, 일상 속에서 우리가 너무도 당연하게 여기는 것 중 그 가치를 되짚어 볼 필요가 있다는 생각에까지 미쳤다.

건강이 그런 것 중 하나다. 자유가 거저 얻어지지 않듯 건강 역시 관심과 노력을 통해 지켜나가야 할 소중한 것이다. 우리 몸은 그냥 무관심하게 두어도 괜찮은 것처럼 여겨서는 안 된다. 당장에는 괜찮을지 몰라도 어떤 잘못된 습관이 오래 쌓이면 반드시 거기에 결과가 나타난다. 그 결과는 시간이 흐른 후에야 몸에 영향을 미친다.

우리 몸은 꾸준한 운동과 균형 잡힌 식단, 충분한 휴식, 그리고 마음의 평화라는 보살핌이 필요한 소우주와도 같다. 건강을 지키기 위한 것들이 때로는 귀찮기도 하고 어렵게 느껴지기도 한다. 이 모든 노력은 마치 자유를 수호하는 행위처럼, 값진 보상으로 우리에게 활기찬 삶과 진정한 행복을 선물해 줄 것이다.

내가 건선을 치유하기 위해서 공부하고, 매일의 식단을 신경 써서 준비하는 것도 그런 맥락에서다. 식재료를 선택하는 것에서부터 요리 과정 등을 내가 아는 수준에서 열심히 하고 있다. 건선은 겉으로 보기에도 거슬리는 고약한 질병이다. 죽을병은 아니지만 죽고 싶을 만큼 견디기 힘든 건선을 이겨내기 위해서 5년여를 식생활에 신경 쓰며 산다. 건강한 사람들처럼 아무거나 먹고 싶은 것 다 먹고서는 고칠 수가 없다. 맛의 유혹을 물리치며 꾸준히 바른 식생활 루틴을 실천해야 건강하고 활력 있는 일상을 되찾을 수 있다.

물론 건선은 완치되기는 힘들다. 나도 처음에는 증상이 깨끗하게 사라졌을 때 완치된 줄 알았다. 그동안 참고 먹지 못했던 음식을 조금씩 먹어 보기 시작했다. 한두 개 먹어 보고 괜찮으니까 이것저것 먹으며 좋아하다가 호되게 고생을 한 적이 몇 번 있었다. 이제는 완치라는 말을 쓰는 걸 삼가고 있다. 증상이 사라졌다 할지라도 식습관은 평소와 같이 그대로 유지해야 뒤탈이 없다.

내 몸에 생긴 건선 때문에 나는 식습관과 생활 습관 등 많은 것을 바꾸었다. 덕분에 건선이 좋아진 것뿐만 아니라 전반적인 건강이 좋아진 것을 느낀다. 이제 그 무섭고 지긋지긋한 건선에 발목 잡히기 싫다. 입맛을 유혹하는 음식에서 벗어나야 하고, 몸을 편하게만 놓아두지 않아야 활력 넘치는 삶을 유지할 수 있다.

자연치유는 느려도 반드시 온다

세계적인 유전학자이자 과학자로서 31억 개의 유전자 서열을
최초로 해독한 프랜시스 S. 콜린스가 쓴 『신의 언어』를 읽었
다. 그는 생명의 암호가 작동하는 완벽하고 정교한 질서 속에
서 "인간을 창조할 때 사용한 신의 언어를 발견했다"라고 말
하며 생명의 경이로움과 정교함에 감탄했다. 이런 신비한 인
체를 먼저 알고 그에 대한 대처를 잘 할 때 자연치유 효과를
기대할 수 있다.

자연치유라고 해서 아무것도 안 하고 가만히 있어도 저절
로 치유된다는 것으로 생각해서는 안 된다. 바른 식생활 관리

를 하고, 적절한 운동을 꾸준히 하고, 스트레스와 정신 건강을 잘 관리하는 게 중요하다. 자신의 몸을 사랑하며 관심을 가지고 노력해야 자연치유 원리가 작동한다.

국민일보사에서 나온 『신비한 인체의 창조 섭리』를 읽으면서 우리 인체 하나하나가 어찌 그리 정교하게 설계되었는지 놀랍고 경이로웠다. 통제하고 흡수하고 배출하고 해독하며 오차 없이 몸을 순환시키고 있는 인체의 신비에 감탄했다. 인체는 몸으로 들어오는 그 많은 음식물의 찌꺼기와 독을 걸러 내는가 하면, 소화시키고 배출시킨다. 만약 그런 것을 방해하는 요소들이 몸으로 많이 들어간다면 몸속의 흐름이 막히고 질병이 생기게 된다는 것이다.

우리는 입맛에 당기고 좋은 것을 먹으려고 할 것이 아니라, 우리 몸에 좋은 것을 먹어야 자연치유가 일어난다. 어떤 것이 몸에 좋은 것인가를 먼저 알아야 한다. 몸이 좋아하는 것을 찾아서 먹고, 몸 안에 쌓인 찌꺼기가 잘 배출될 수 있도록 해 줘야 염증이 제거되고 건강을 회복할 수 있다. 우리 몸이 물을 필요로 할 때는 물을 마셔 주어야 한다. 대략 하루에 1.5~2리터의 물을 마시는 게 좋다고 한다. 그 정도 양의 물을 마시는 것도 관심을 가지지 않으면 잘 마시게 되지 않는다. 사람마다 다르기에 꼭 그 양을 맞춰 마시는 것이 중요한 게 아니다. 아침에 일어나자마자 물 1컵을 마시고, 식간에 물을 마시는 게 좋으며, 목마르기 전에 마시는 게 좋다고 한다.

안드레아 모리츠가 쓴 『자연치유의 비밀』에서도 자연치유를 위해 관심을 가져야 할 것은 질병에 얽매이기보다 자신의 몸을 사랑하고 관리해야 한다고 강조한다. 양질의 영양 공급과 아울러 몸속 독소를 배출하고 정화 시켜서 활력을 북돋워 주라고 한다.

요즘은 환경오염 문제가 크기 때문에 자연치유를 위해 유기농 식재료를 사고, 될 수 있으면 환경친화적인 물건을 구입하는 게 좋다. 햇빛의 선물을 날마다 받기 위해 산책을 하며 자연의 고마움을 몸으로 느낀다. 자연치유는 느릴 수 있어도 그 원칙을 잘 알고 따르면 반드시 온다는 게 얼마나 신기한지 모르겠다.

『나를 살리는 생명 리셋』의 저자인 전홍준 박사는 호흡, 음식, 활동, 마음이라는 네 가지를 다스리면 낫지 않는 병이 없다고 한다. 서양의학의 처방엔 한계가 있음을 느끼고 자연치유 의학을 배워 임상에 활용해 그 효과를 검증하기도 했다. 생채소즙과 절식을 환자에 맞춰 처방해서 환자 스스로 자신을 치료할 수 있는 몸과 마음의 생명력을 되살리는 자연치유 원리를 알고 실천하도록 하는 것이다. 그가 널리 알리고픈 자연치유법은 단순히 질병을 치료할 뿐 아니라 미리 실천해서 질병에 걸리지 않는 몸과 마음을 만드는 요법이라는 것이다. 꾸준히 바른 식습관과 생활 루틴을 지키다 보면 몸이 스스로 치유할 태세를 갖추고 낫게 만든다는 것은 경이로운 일이다.

자연치유는 내 몸의 아픈 소리를 듣고 내 몸을 살리기 위한 노력을 하면 몸이 스스로 건강을 회복하도록 하는 것이다. 신비한 우리 인체는 창조 시부터 자연치유를 위한 세밀한 장치가 다 갖추어져 있다. 다만 자신의 몸을 얼마나 알고 사랑하며 잘 관리하느냐에 달렸을 뿐이다. 귀한 생명 주신 창조주께 감사한 마음으로 몸의 소리에 귀 기울여 보자. 자연치유는 바른 식습관을 실천하고 잘못된 생활 습관을 리셋시키고 마음을 바르게 할 때 찾아온다.

자연치유식이 건강에 미치는 영향

성경 창세기 1장 29절에 보면 "하나님이 이르시되 내가 온 지면의 씨 맺는 모든 채소와 씨 가진 열매 맺는 모든 나무를 너희에게 주노니 너희의 먹을거리가 되리라"라고 쓰여 있다. 하나님이 천지를 창조한 후에 인간에게 모든 생물을 다스리라 하셨고, 먹을거리를 정해 주셨다. 실제로 우리 식생활에서 채소와 과일 위주의 식사를 하게 되면 독소 제거가 되고 몸이 정화되어 건강을 잘 유지할 수 있다.

파가노 박사의 『건선의 자연치유 파가노 요법』에서는 매 식단에서 알칼리성 80%, 산성 식품 20% 비율로 섭취하는 것이 좋다고 한다. 단백질, 탄수화물, 설탕, 지방 그리고 기름과 같은 식품들을 다량 섭취했을 때 혈액 내에서 산성 물질을 만들어내고, 결과적으로 건선의 형태를 악화시킨다고 했다. 또한 육류, 곡물, 치즈, 설탕, 감자, 마른 콩, 콩류, 기름, 버터, 그리고 가공육 등은 널리 알려진 산성 식품이라고 덧붙였다. 한 끼 식사에서 너무 많은 산성 식품을 섭취하는 것은 좋지 않으며, 알칼리성인 채식 위주의 식단이 건강을 돕고 자연치유에 도움이 된다는 것이다.

스티븐 왕겐의 『밀가루만 끊어도 100가지 병을 막을 수 있다』에서 강조했듯이 특정 음식이 질병을 일으키는 데 관여한다는 것을 알 수 있다. 이 책에서는 글루텐 불내증과 밀가루의 영향을 다루고 있다. 밀에 의존하면서 과일과 채소를 적게 먹게 되었고, 주로 밀이나 밀과 가까운 곡물을 먹음으로써 소화기, 피부, 감정, 신체에 다양한 글루텐 불내증이나 알레르기 증상을 일으킨다고 한다. 이러한 증상이 있는 사람들은 글루텐을 피해야 하며, 밀과 글루텐이 들어있는 가공식품도 피해야 한다.

맥두걸 박사는 '자연식물식'이라는 하나의 주제로 40년 넘게 강연을 해왔던 전문 지식과 체험을 『맥두걸 박사의 자연식물식』 책에 담았다. 저자는, 자랄 때 기름진 음식들을 먹어서 몸이 뚱뚱해졌다고 한다. 그것을 알게 된 후 많은 연구를 한 끝에 자연식물식으로 병을 고쳐 건강한 삶을 영위하고 있다. 그는 본인의 직접 체험과 많은 환자의 사례를 통해서도 몸을 살찌게 하거나 병들게 하는 음식이 있고, 건강하게 하고 치유하는 음식이 있음을 알리고 있다. 그 책을 읽으면서 공감하는 바가 많아 2주간의 자연식물식 챌린지를 해보았다. 2주간 큰 변화가 온 것은 아니었지만, 확실히 자연식물식을 함으로써 몸이 가벼워지고 정신이 맑아짐을 느꼈다. 자연식물식은 가공하지 않은 신선한 자연 재료들로, 가능하면 자연 그대로 덜 익히고 조리 과정을 최소화하여 음식을 해 먹는 것이라서 건선을 비롯한 여러 질병 치유에도 많은 도움이 된다.

하비 다이아몬드 박사의 『자연치유 불변의 법칙』과 『나는 질병 없이 살기로 했다』를 읽었다. 그는 독소가 빠지면 비만과 질병은 저절로 사라진다고 한다. 저자가 직접 체험한 것들을 나누며 음식이 질병 치료에 영향을 미친다는 것을 널리 알리고 있다. 자연에 따른 바른 음식을 섭취하고 몸의 내부를 깨끗이 청소하면 비만과 질병은 절대 생기지 않는다고 주장한다. 맥두걸 박사가 '산 음식'을 주장하는 이치와 일맥상통하는 부분이다. 이 책을 읽고서도 2주간 챌린지를 한 적이 있다. 처음 시도했을 때 약간의 명현 현상 같은 것도 경험했지만, 책에 이러한 현상이 처음에는 올 수 있다고 안내했기에 견뎠더니 곧 괜찮아졌다. 물론 챌린지 2주 만에 크게 달라지리라고 기대하지는 않았다. 약간의 체중 감량과 피부가 깨끗해짐을 체험했다.

더글라스 그라함 박사의 『산 음식 죽은 음식』에서도 죽은 음식을 먹지 않고 산 음식 위주로 먹는다면 인간은 평생 질병과 비만 없이 살 수 있다고 주장한다. 물론 산 음식 위주의 좋은 식생활에 맑은 공기, 깨끗한 물, 충분한 수면과 휴식, 운동, 높은 자존감 등 수많은 요소가 상호작용한다고 했다. 여기서 '산 음식'이라 함은 과일과 채소와 같이 조리되지 않은 자연 상태로 먹을 수 있는 것들을 말한다. 이것을 적절히 잘 섭취하면 비만과 질병 치료에 좋은 영향을 미치고, 질병 치유에 이를 수 있으며, 일정 기간이 지나면 전보다 훨씬 많은 에너지가 넘치게 된다고 한다.

자연치유와 건강 관련 책을 읽으면서 그 책에 나오는 내용을 참고로 해서 요리를 해 먹을 때가 많았다. 그럴 때 자연에서 얻어지는 신선한 채소와 과일로 지치고 병든 몸을 치유하고 활력 있게 한다는 것을 실감했고 실제로 몸과 마음이 가벼워지고 서서히 치유되는 것을 느꼈다.

조한경 박사의 『환자 혁명』에서는 기능의학적인 관점에서 치유에 접근했다. 약에만 의존할 것이 아니라 식습관과 생활 습관을 스스로 점검하고 고쳐야 한다는 것이다. 몸의 자정 능력을 높이고 장 기능을 회복시켜 자연치유가 일어나게 해야 한다고 말한다. 대부분의 약은 효과는 빠르지만 부작용이 많고, 증상을 완화할 뿐 근본적인 치료는 안 된다는 것이다. 그에 비해 자연 물질들은 부작용이 적다고 말한다. 그는 간헐적 단식을 통해 장기들이 제대로 일할 수 있도록 해줌으로써 자연치유가 일어나게 하면 건강에 좋다고 한다.

구약 성경 다니엘서 1장 12절에 보면 "청하오니 당신의 종들을 열흘 동안 시험하여 채식을 주어 먹게 하고 물을 주어 마시게 한 후에…" 시험해 볼 것을 다니엘이 말했다. "열흘 후에 그들의 얼굴이 더욱 아름답고 살이 더욱 윤택하여 왕의 음식을 먹은 소년들보다 더 좋아 보인다"라고 다니엘서 1장 15절에도 나와 있다.

나는 사순절 기간에 채식과 물만 먹는 부분 금식인 다니엘 금식을 46일간 실천해 보았다. 다니엘 식단에서는 통곡물과 채소와 과일과 물만 허용했다. 생각에 따라서는 쉬울 것 같지만 가공식품은 물론이고 설탕이나 꿀, 커피, 화학조미료 등도 제한하며 자연식만 해야 해서 입맛이 까다로운 사람은 쉽지 않을 수도 있다. 사순절 기간 46일 동안 다니엘 금식을 하면서 배고픔을 느끼거나 이상 증세는 없었다. 제 몸을 건강하게 해준다는 확신을 가지고 기도하면서 실천했기에 건강하게 마칠 수 있었다. 몸무게는 많이 빠지지 않았고 1.5kg만 줄어서 적정 체중이 된 것은 감사한 일이었다.

건강을 위하는 것은 자연에서 얻는 신선하고 질 좋은 제철 유기농 식재료를 이용하여, 가능하면 원형을 살려서 알맞게 조리한 음식을 먹는 것이다. 식물의 뿌리, 잎, 줄기, 열매까지 다 활용하는 전체식을 하는 것이 좋다. 그리고 다양한 색상을 선택하여 영양소를 골고루 섭취하는 것도 건강에 도움이 된다.

자연치유식을 함으로써 특정한 질병에만 도움이 되는 것이 아니라 몸 전체를 좋게 만들고 삶에 활력을 준다는 것을 식생활 개선을 통해 알았다.

꾸준한 건강 루틴의 기적

매일 아침 눈을 뜨면 작은 기적을 마주한다. 숨 쉬고, 움직이고, 생각할 수 있다는 사실 자체가 기적이 아닐 수 없다. 이 기적을 오랫동안 지속하기 위해 내가 택한 것은 바로 '꾸준함'이라는 소박하지만 강력한 무기이다. 처음에는 거창한 목표를 세웠다가도 작심삼일로 끝나기 일쑤였다. 이제는 꾸준함이 선물하는 진짜 기적을 경험하고 있다.

매일 성경 말씀 읽기와 기도, 삼십 분 걸으며 산책하기, 인스턴트 음식 끊고 채소와 과일과 전체식 위주로 만든 소박한 식사, 틈틈이 하는 스트레칭 등 뭔가 대단하거나 특별한 일이 아니다. 아침에 동쪽 하늘에 막 떠오른 해를 바라보고 잠시 눈 맞춤하고, 나무와 새로 피어난 꽃들과 눈인사 나눈 후에 목 운동이며 팔다리 스트레칭도 하는 작은 실천들이 하루 이틀, 한 달 두 달 쌓여가자 놀라운 변화가 찾아왔다. 몸은 가벼워지고 마음은 평온해졌으며, 무엇보다 자신을 보듬는 것에 대한 만족감이 커졌다. 꾸준함은 단지 몸을 건강하게 만드는 것을 넘어, 자기 자신을 사랑하며 활력 있게 사는 기쁨을 맛보게 해주었다.

어떤 루틴이든 하루아침에 모든 것을 마법처럼 바꾸어주지는 않는다. 긴 시간을 들여 씨앗을 심고 물을 주듯 노력이 차곡차곡 쌓여 굳건한 뿌리가 되고 탐스러운 열매를 맺게 하는 것이기에 꾸준함이 필요하다. 이렇듯 꾸준함은 단순한 행위를 넘어, 나 자신과의 약속을 지켜내는 소중한 힘이자 삶을 더 풍요롭게 만들어주는 선물임을 깨닫는 요즘이다.

건강 루틴은 단순히 규칙적인 습관 이상의 의미를 지닌다. 그것은 예측 불가능한 세상 속에서 자신에게 선사하는 안정감이자, 오늘 하루를 건강하고 활기차게 살아 낼 수 있는 단단한 기반을 마련해 준다. 내가 먹는 음식 하나, 들이쉬는 숨결 하나에 의식을 기울이고 몸이 원하는 만큼 움직여주는 것, 이러한 루틴은 신체적인 활력뿐만 아니라 마음의 평온함까지 선물하며, 스트레스와 불안으로부터 나를 지켜주는 든든한 방패가 된다.

자신의 몸과 마음을 귀하게 여기고, 매일 노력을 통해 가꾸어 나가는 이 건강 루틴은 단순한 의무가 아닌 나를 위한 소중한 투자다. 기적은 멀리 있는 것이 아니라, 매일 반복되는 성실함 속에서 피어나는 것임을 깨닫는다. 오늘도 나는 바른 먹거리로 음식을 만들고, 가벼운 운동을 하고, 내가 좋아하는 것들을 하며 감사하게 하루를 가꾼다. 이 소중한 루틴을 꾸준히 실천함으로써 나 자신을 지키고, 매 순간 건강한 기적을 만들어 가고 있다.

스트레스를 이기는 생활 습관

스트레스는 만병의 근원이라고 한다. 특히 피부는 스트레스에 민감하다. 나를 괴롭히던 건선은 유전적 요인, 환경적인 요인, 외부 자극, 스트레스 등 여러 가지 원인에 의해서 생길 수 있다. 면역 불균형으로 인한 자가면역질환의 일종이라고 한다. 내게 건선이 생긴 원인을 가만히 생각해 보면 스트레스가 큰 원인이었던 것 같다. 그때가 남편이 항암치료를 받던 때로, 당시 나는 미국에서 혼자 암 환자 간병을 해야 했기 때문에 여러 가지로 힘들 수밖에 없었다.

지금 생각해 봐도 그 힘든 상황들을 어떻게 감당했을까 하는 생각이 든다. 나는 운전도 능숙하지 못하고, 영어로 의사소통을 하는 게 크게 부담이 되던 때였다. 아픈 남편을 차에 태우고 병원에 다니는 일이며, 의사들과 진료 일정을 잡고 상담을 하는 일들은 감당하기가 쉽지 않았었다. 혼자 몇 년을 해내며 스트레스를 안 받을 수가 없었다.

남편 병간호에 집중하다 보니 내 몸에 난 건선은 임시방편으로 약만 바르고 신경을 쓰지 못했다. 건선을 발견하고도 곧바로 피부과 전문의에게 가서 진료를 받지 못하고, 다니던 가정의학과 의사한테 바르는 약만 처방받아 바르면서 그냥 지낼 수밖에 없었다.

그럼에도 내가 그 상황을 버텨낼 수 있었던 것은 신앙의 힘이 컸다. 주일에는 내가 교회에 다녀올 3시간 동안 일할 사람을 구해서 집안일을 맡기고 교회에 가서 예배를 드리고 왔다. 30분 정도 걸리는 길을 운전해 가는 그 시간에 나는 복음성가를 들으며 따라 부르기도 하고, 혼자 소리높여 기도하면서 오갔다. 도로변 나무들의 변화를 보고 계절을 읽으며 마음을 달래기도 했다.

차를 운전하며 오가는 동안 듣는 복음성가와 교회에 가서 듣는 설교 말씀에 은혜가 되고 큰 위로를 받았다. 특히 가장 위로가 되고 마음을 편안하게 해주었던 시편 23편 1절에서 6

절 말씀은 입에서 거의 떠나지 않고 외고 다녔다.

"여호와는 나의 목자시니 내게 부족함이 없으리로다 그가 나를 푸른 풀밭에 누이시며 쉴 만한 물 가로 인도하시는도다 내 영혼을 소생시키시고 자기 이름을 위하여 의의 길로 인도하시는도다 내가 사망의 음침한 골짜기로 다닐지라도 해를 두려워하지 않을 것은 주께서 나와 함께 하심이라 주의 지팡이와 막대기가 나를 안위하시나이다 주께서 내 원수의 목전에서 내게 상을 차려 주시고 기름을 내 머리에 부으셨으니 내 잔이 넘치나이다 내 평생에 선하심과 인자하심이 반드시 나를 따르리니 내가 여호와의 집에 영원히 거하리로다"

스트레스를 받을 때 관리하거나 푸는 방법은 사람마다 다를 것이다. 따뜻한 욕조에 몸을 담갔다 나오면 스트레스가 시원하게 풀린다는 사람이 있고, 뭔가를 먹는 걸로 해소하는 사람이 있다. 여행을 떠나거나 머리를 자르거나 새 옷을 사거나 하면서 저마다 스트레스 해소법을 찾아서 실천한다.

누군가 부정적인 시각으로 나를 평가하거나 질타한다고 느끼면 기분이 나빠지고 스트레스를 받게 된다. 그럴 때 숨 한 번 크게 쉬고 역지사지의 마음으로 '그럴 수도 있지' 하면서 눙치면 다소 마음이 편해진다. 또 자신이 뭔가 잘못했을 때나 속상한 일이 생겼어도 그렇게 말함으로써 자책하는 마음에서

놓임을 받을 수 있다. 읽고 싶은 책을 읽으며 책 속에 빠져드는 것도 건강한 스트레스 해소법이다.

나의 경우는 스트레스 해소 방안 중의 하나로 산책을 꼽는다. 요즘 나는 매일 산책을 하는 것이 스트레스 해소에 아주 좋다는 것을 실감한다. 동네 한 바퀴 돌면서 혼자만의 시간 속에서 자신을 되돌아보고 다독여 보기도 한다. 공원 산책길로 들어서서 나무들과 새들과 하늘을 보노라면 복잡한 생각들은 어느새 날아가 버리고 만다. 기분 좋을 때의 산책은 멋진 생각을 떠오르게 하고, 자연과 친구가 되게 하니 행복한 시간이 된다. 산책하다 보면 결국에는 자연에 모든 스트레스를 씻어 버리게 된다.

잠깐씩 뒤뜰에 나가 잔디밭에 쪼그리고 앉아서 풀을 뽑는게 내게는 힐링이 된다. 풀을 뽑는 게 어떻게 즐거운 일이 될수가 있을까 싶겠지만, 내게는 그게 힐링이 되고 스트레스 해소에 도움이 된다. 힘든 심정을 누군가에게 털어놓을 수 없을 때 풀을 뽑으면서 혼자 속으로 풀들에게 말을 거는 그것이 나만의 스트레스 해소법 중 하나이다.

스트레스는 누가 주는 것이 아니라 자기가 받는다고 생각하는 것이다. 그러기에 생각하기 나름일 수 있다. 내게 있어서 마음을 다스리는 법 중 가장 좋은 것은 기도이다. 혼자 풀 수 없는 어떠한 문제가 있더라도 내게 기도는 그 모든 것을 뛰어 넘는 힘이고 해결책이다.

3장

위로

괜찮게 산다는 건 이런 것입니다

"괜찮다는 말에는 회복과 단단함의 철학이 있다!"

괜찮아? 괜찮아!

'괜찮아?'와 '괜찮아.'라는 말을 유난히 많이 사용하던 날이 있었다. 지금 내가 사는 이곳 달라스에 눈을 동반한 초강력 한파가 몰려왔을 때였다. 며칠간 재해 선포가 내려졌고 에너지 비상사태가 발생하여 큰 고통을 겪었다. 몇 시간 혹은 며칠째 정전 사태가 벌어진 곳도 있었고, 동파된 집도 많았다. 100시간 넘게 전기와 물이 중단된 채 꼼짝없이 집에 갇혀 혹독한 추위와 싸워야 했다. 그때 가족이나 지인들끼리 카카오톡이나 전화를 하면서 첫마디가 '괜찮으세요?'나 '괜찮아?'라는 말로 다급하게 안부를 묻고 전하며 서로를 걱정하고 위로했다.

'괜찮으세요?'나 '괜찮아?'라는 말 속에는 '이런 비상사태에 전기나 물, 가스 등 안전 상황에 별 탈 없으신지요?'라는 의미가 담겨 있다. 그에 대해 '괜찮아요.'라거나 '괜찮아.'라고 답하면 안전에 문제없이 무탈하다는 뜻이다.

'괜찮아'의 기본형은 '괜찮다'다. 사전에서 찾아보면 '1) 별로 나쁘지 않다 2) 탈이나 문제, 지장이나 거리낄 것이 없다, 무방하다' 등의 뜻으로 나와 있다. 이것을 영어로 번역한 것을 살펴보니 'well, fine, all right, nice, good, no problem, okay' 등으로 나와 있다.

정전되고 물이 나오지 않는 비상사태 중이다 보니 이웃에 사는 미국 친구에게서도 연락이 왔다. 'Are you ok?'라는 메시지를 받았다. 나는 'I am fine.'이라는 짧은 답글을 보냈다. 이럴 때 'Ok?(괜찮아?)'는 무탈한가 물어본 것일 테고, 'Fine(괜찮아).'이라고 답한 것은 아무 지장 없이 잘 지낸다는 뜻이 된다.

말이 나온 김에 '괜찮다'의 다른 의미를 살펴보는 것도 재미있다. 우리말에는 같은 말로도 다른 어감을 표현할 때가 있다. 대화 속에서 조금씩 다른 뉘앙스로 쓰여 색다른 말맛을 느끼게 하는 '괜찮다'의 쓰임을 예로 들어본다.

어떤 음식을 두고 맛이 어떠냐고 물어볼 때가 있다. "괜찮아"라고 대답한다면 '먹을 만하다, 좋다'라는 의미다. 그러나 똑같이 "괜찮아"라고 답하더라도 심드렁한 표정으로 마지못해 말한다면, 맛 여부와 상관없이 그냥 먹겠다는 뜻이 포함되었을 것이다.

젊은 친구가 소개팅하거나 맞선을 본 후 어떠냐고 물었을 때 "괜찮아"라고 답한다면 '흠잡을 데는 없지만 딱히 마음에 드는 것도 아니고 그냥 그렇다'라는 뜻일 수 있다. 그러나 속마음을 잘 드러내지 않거나 적극적인 표현을 잘 못 하는 사람이 그렇게 대답한다면 '마음에 든다, 호감이 있다'는 표현일 수도 있다.

어떤 시합이나 경연에 나갔을 때 기대한 만큼 성적이 나오지 않는 경우 몹시 실망할 수 있다. 그런 실망한 사람에게 다가가 "괜찮아!"라고 위로해 줄 경우가 있다. 이때의 '괜찮아'는 비록 점수는 잘 얻지 못했지만, 최선을 다한 것만으로도 의미가 있다며 위로해 주는 뜻이 함축되어 있다.

뉴욕 맨해튼의 타임스퀘어에 "It's Okay with Jesus!"라는 대형 광고가 2월부터 8월까지 175일간 올려져 있어서 화제였었다. 그 기간 6월 하루, 뉴욕과 뉴저지 한인교회 교인들이 모여서 대규모 거리 전도를 했었다. 딸과 외손녀 지율이도 지난해에 나갔다 왔다. 맨해튼 가게에 들어가 전도지를 나눠주며 전도를 하고 왔노라고 10살짜리 외손녀는 자신감에 찬 목소리로 말했다. 외손녀는 기특하게도 내가 조금만 힘들어 보이면 "할머니 괜찮으세요? 괜찮아! It's okay!"라며 토닥여줄 줄도 안다.

이렇듯 '괜찮다'는 단어 하나에서 우리는 다양한 의미를 찾을 수 있다. 이 중에서 가장 따뜻한 의미는 누군가의 힘든 상황을 다독여 주며 "괜찮아!"라고 위로하고 안심시키며 희망을 불어넣어 줄 때다.

"It's Okay with Jesus! 괜찮아! 예수님과 함께라면!"

이 메시지가 내게 큰 위안을 준다.

말 한마디가 건네는 힘

"당신은 쉼이 필요합니다. 우리가 당신 남편을 잘 돌보니까 염려하지 마세요."

나를 살며시 안아주며 건네던 미국 병원 여의사의 이 말 한마디가 오래 잊지 못할 감사로 남아 있다. 얼마나 큰 위로가 되었는지 모른다.

아주 힘든 상황에 처해 있을 때 누군가 그 형편을 헤아리고 공감해주거나 인정해 주는 말 한마디 건네준다면, 그리 깊은 다독임이 아닐지언정 큰 위안이 된다. 막상 내가 힘든 상황에 부딪히면 어차피 혼자만의 일이니까 혼자 짊어지고 해결하려고 애쓴다. 굳이 누구에게 속마음을 내보일 이유도 없겠고 딱히 속사정 풀어 놓고 싶지 않기 때문이다. 누가 고통을 대신 해줄 수도 없고 그럴 이유도 없긴 하다.

한편으론 그 말할 수 없는 속마음을 말 안 해도 누군가 알아주기라도 한다면 좋을 텐데 하는 이중성을 갖기도 한다. 표현하지 않는다면 이 세상 어느 사람도 다른 누군가의 속마음 무게까지 알아서 안타까이 헤아려 주지 않는다. 따지고 보면 그래야 할 이유도 없다. 이론적으론 이런저런 말들을 해줄 수도 있겠지만, 고통을 겪는 당사자에겐 상식과 이론이 적용되기 어렵기도 하고 별 도움이 되지 않을 수 있다.

10남매 맏며느리 자리가 만만하지는 않다. 나는 젊은 시절 그 무거움의 테두리 속에서 혼자 힘겨워했었다. 힘들다고 하소연할 계제도 못 되었다. 맏며느리는 나 혼자다. 아무도 내 입장이 되어보지 않았으니 날 이해해 줄 리 만무하지 않겠는가. 돌이켜 생각해 보면 그땐 내가 많이 서툴렀던 것 같다. 무슨 일이었던 간에 융통성 있게 대처할 줄도 몰랐고 어리석었다. 몇 년간 시부모님을 모셨을 때며, 우리 집에서 함께 모여 명절 행사며 집안 대소사 치르는 그걸 힘들다고 할 수도 없었다. 맏이 역할 다부지게 하지도 못했고 잘할 형편도 못되었기에 혼자 삼키며 내 몫을 감당해야 했다.

세월이 약이라고 했던가. 몇 년 전 남편 장례식 때 왔었던 장조카가 이런 말을 한 적이 있다.

"큰어머니, 그 많은 집안 대소사 어떻게 다 감당하셨어요? 저는 형제뿐인데도 명절에 저희 집에 식구들이 모이면 정신없고 어렵던데요."

또 연전에 큰 시누님은 내게 이런 말을 하셨다.

"올케, 미안해. 참 애 많이 썼어. 우리가 전에는 왜 그렇게 철이 없었던지 몰라. 혹 서운했던 거 있었다면 다 잊어버리자."

나는 장조카가 어떻게 감당하셨느냐며, 자기가 겪어 보니까 큰어머니가 얼마나 힘들었을까 하는 생각을 했노라는 말 한마디에 살짝 눈물이 나려고 했다. 기특하게도 날 이해한다며 건넨 그 말 한마디가 위로를 안겨 주었다. 또 큰 시누님의 "애썼어. 그땐 우리가 철이 없었어"라는 말에 비로소 인정받은 느낌을 받았고 큰 위로가 되었다. 지나간 시간 속의 형체를 알 수 없는 앙금 같은 것들마저 다 씻겨 내려가게 했다. 긴 시간의 징검다리를 건너서 건네준 말 한마디가 어느 만큼의 위로와 보상이 되었다.

여러 해 전, 남편이 현재 내가 사는 미국의 맥키니 지역 병원에 항암 치료차 입원해 있을 때였다. 낮 동안 병실을 잠시도

떠날 수 없었고, 저녁 늦게 집에 돌아가서 좀 쉬다가도 밤중이든 새벽이든 호출이 오면 병원으로 달려가야 했다. 미국 병원에선 간병인을 따로 둔다거나 그런 일 없이 환자의 모든 상태를 간호사들이 정말 잘 돌봐 준다. 그러기에 보호자가 꼭 돌봐야 하는 건 아니다. 그렇지만 낯선 이국 병원이라서 그런지 남편은 수시로 날 찾았고 곁에 있길 바라기 때문에 병실을 떠날 수가 없었다. 뭐라도 내가 할 수 있는 일이 많다면 좋겠지만 곁에서 지켜보는 것 외엔 별로 해줄 수 있는 게 없다는 게 내겐 고통이고 더 힘든 일이었다.

주일 아침에 담당 의사가 회진을 왔다. 오늘 교회에 다녀오고 싶은데 다녀와도 괜찮겠냐고 물어보았다. 의사는 내게 "그럼요. 당신은 쉼이 필요합니다. 우리가 당신 남편을 잘 돌보니까 염려하지 마세요"라고 하지 않겠는가. 그러면서 위로하듯 살며시 안아주는 그 여의사가 천사 같았다. 세상에나! 그렇게 고마울 수가 없었다.

병원에서부터 교회에 가려면 차로 40분 정도 걸리는 거리여서 예배시간에 딱 맞춰 가긴 좀 늦었다. 늦을까 봐 신경 쓸 겨를도 없이 서둘러 병원을 나섰다. 운전하고 가는 동안 나도 몰래 눈물이 뺨을 타고 흘러내렸다. 마음속으로 드리는 감사의 기도가 절로 나왔다.

"당신은 쉼이 필요합니다"라고 하는 의사의 그 말 한마디가 어찌 그리 고맙게 느껴지던지… 내 맘을 알아준다는 것이 그렇게 고마울 수가 없었다. 이런 게 참다운 위로구나 싶었다. 교회까지 운전하며 가는 그 시간만큼이 온전한 나의 쉼표 구간이었다. 날씨며 가로수며 하늘이며 모두가 나를 보고 잘 다녀오라고 하는 것 같았다. 먹먹하던 가슴 한구석이 시원하게 뚫리는 기분이었다.

예배는 이미 시작되었지만 주일 설교 말씀은 들을 수 있었다. 그날따라 목사님께서 마치 날 위해서 일부러 준비라도 하신 듯 '위로'에 관한 설교 말씀을 해주셨다. 한 말씀 한 말씀이 어찌 그리 은혜가 되고 가슴에 와닿았던지. 감사의 눈물이 절로 나왔다. 그간 의연한 척했지만 혼자 감당했던 무게가 버거웠던 모양이다. 아무에게도 "나 힘들어"라고 말할 수 없었다. 그간 환자를 혼자 돌보며 쌓인 피로가 몸과 마음을 짓누르고 있었다. 그 고통이 위로의 말씀에 씻겨서 순식간에 눈물로 녹아내렸다.

영혼을 소생시키고 위로되는 진정한 힐링은 위로부터 받는 하나님의 말씀이다. 현실에서도 지치고 힘들 때 누군가 내 마음을 알아주는 위로의 말 한마디 건네준다면 고통과 아픔을 녹여주는 보약이 될 것이다. 지쳐있던 내게 "당신은 쉼이 필

요합니다”라는 여의사의 이 말 한마디야말로 내게 필요한 참
된 위로였으며 기운을 북돋워 준 보약이었다.

나에게 괜찮다고 말하고 사랑해 주기

남들에게는 관대하면서도 유독 자신에게는 엄격한 잣대를 대거나 용납하지 못할까? 스스로 자신을 다독이는 '괜찮다'란 말 한마디가 왜 그토록 어려운 것일까? 심지어 자책마저 하는 때도 있으니 아이러니하다는 생각이 든다. 자신에게 괜찮다고 말하는 것이 단순히 현상 유지나 포기가 아니다. 진정한 변화와 성장의 시작점이라는 메시지를 담고 있는 칼 로저스의 격언을 되새겨 본다.

"흥미로운 역설은, 내가 나 자신을 있는 그대로 받아들일 때 비로소 변화할 수 있다는 것이다."

　결국 타인의 기준에 맞추려 애쓰거나 완벽주의에 갇혀 지내기 때문이 아닌가 생각해 본다. 내가 100일간 온 힘을 기울여서 전자책을 냈던 일만 해도 그렇다. 막상 전자책이 나왔지만 기대했던 것만큼 좋은 결과를 내지는 못했다. 책의 내용이 좋다 한들 판매율이 낮다면 좋은 결과라고는 할 수 없다. 미리 이벤트를 해서 무료로 파일을 나눠주는 일을 몇 차례 했었다. 지인들에겐 무료로 파일을 나눠주었다. 또 전자책을 내기 전에 전자책에 관한 공부나 사전 준비도 철저히 하지 못했다. 원고 쓰는 일과 전자책을 낸다는 것에만 급급했었다. 그러다 보니 책을 내는 목표부터 홍보까지 제대로 공부하거나 준비하지 못한 것을 자책하게 되고, 스스로에 대한 실망감도 컸다.

　남들은 잘하고 있는데 나는 왜 이럴까 하는 생각도 들었다. 곰곰 생각해 보니 애초 전자책을 쓰고자 했던 의도가 종이책을 내기 전에 전자책 경험을 하고 싶었던 거였다. 어쩌다 보니 전자책 끝나기도 전에 종이책 쓰는 걸 시작하게 되어서 홍보에 전혀 신경을 쓰지 못했다. 그렇게 해놓고 뭘 기대했던 거지? 처음 의도했던 대로 전자책을 내는 과정을 마스터할 수 있게 된 것만으로도 족해야 하는 거 아닌가.

　"그래. 너 전자책에 관해 별로 아는 것도 없으면서 출간을 했다는 것만 해도 잘했어. 네가 전자책을 내서 밀리의 서재까지 올라있고, 미국에 앉아서도 본인이 쓴 전자책을 읽어 볼 수 있으니 얼마나 감사한 일인가. 너 참 장하다. 노년에 전자책을 낸 것만으로도 잘한 일이야.”

이렇게 자신을 다독여 주기로 맘먹고 나니 한결 편안해졌다. 오히려 내가 경험한 것을 나눠 줄 수 있는 아량도 생겼다. 먼저 경험했기에 전자책에 관한 것을 묻는 친구에게 아낌없이 나눠 주기도 했다. 첫 전자책을 내는 친구가 내게 추천사를 부탁하기에 기꺼이 써 주었다. 그의 전자책은 베스트셀러에 오르기도 했다. 기뻤다. 지금 이 책을 쓰면서 내가 전자책을 낸 것에 자부심을 갖기로 했다. 스스로에게 “너 그만하면 잘하고 있어. 그 정도만 해도 됐어”라는 말을 해준다면, 미래의 멋진 나를 편안하게 만날 수 있을 것이다.

우리가 타인에게 따뜻한 격려와 위로를 건네는 만큼 스스로에게도 따뜻한 위로를 건넬 줄 알아야 한다. ‘더 잘해야 해’, ‘이 정도는 부족해’라는 채찍질로 자신을 몰아세우지 말아야 한다. 나 또한 오랫동안 그래 왔다. 하지만 삶의 어느 순간, 나는 지치고 상처받은 내 마음을 다른 누구보다 내가 먼저 알아주고 안아줘야 한다는 것을 깨달았다.

자기 자신을 사랑하고 안아준다는 것은 결코 나약하거나 이기적인 행동이 아니다. 오히려 지친 자신에게 따뜻한 차 한 잔을 건네듯, 고요히 명상하며 마음의 소리에 귀 기울여주는 것과 같다. 근거 있는 자신감을 가지도록 노력하고 자신을 귀하게 여길 줄 아는 자존감을 건강하게 지켜나간다면 사랑스러운 존재로 다듬어질 것이다. 나는 매일 밤 잠자리에 들기 전, 나를 가볍게 감싸 안으며 "오늘도 애썼어. 이만하면 잘했어"라고 속삭여 준 다음 "하나님, 오늘 하루도 무사히 살게 하심을 감사합니다"라는 기도를 드린다. 이 작은 의식 같은 행동은 그 어떤 약이나 타인의 위로보다도 강력하게 마음을 치유해 준다.

인간은 완성된 존재가 되기를 원하지만 완전하지 않고 그럴 수도 없다. 날마다 변화하고 흔들리는 존재이고 미완의 존재이다. 그러기에 완벽하지 않아도 괜찮고, 때로는 실수해도 괜찮다는 자기 수용의 마음을 가지는 것은 우리 자신을 온전히 사랑할 수 있게 하는 첫걸음이다. 자신을 부드럽게 감싸 안을 때, 우리는 비로소 세상의 거친 파도 속에서도 흔들리지 않는 단단한 내면의 평화를 찾을 수 있다.

가끔은 나만을 위한 밥상을 정성껏 차리거나, 자신을 위한 소중한 선물 하나 마련해 보면 좋지 않을까. 자신을 챙기고 보듬어 줌으로써 자존감을 높이고 나에게 보상을 해준다는 느낌으로 자신에게 위로를 건네보자.

내 위로가 동화를 엮었네

그날 그런 자리에서 내가 그 친구를 만나리라고는 꿈에도 생각하지 못했다. 수십 년 동안 그 친구와는 아무런 연락을 한 일도 없었고 교류가 없이 지냈었다. 대학을 졸업한 후 친구들과 함께 그의 어떤 운동 시범 발표 자리 같은 데를 한번 가서 만난 적은 있다. 그 이후 풍문으로 어느 방송국에서 일한다는 소식은 들었지만 만날 기회는 없었다.

그로부터 십수 년이 흐른 어느 날이었다. 내가 속한 문학단체의 모임 자리에 갔다가 그가 와있다는 소식을 들었다. 생각도 못 했던 친구가 날 만나러 와있다고 했다. 옆 커피숍에서 기다리고 있다는 소식을 총무로부터 전해 들었다. 의아한 생각을 하면서 회의가 시작되기까진 시간이 좀 있기에 바로 옆 커피숍으로 갔다. 몇십 년 동안 만나지 못했던 친구였지만 단숨에 알아볼 수 있었다. 반갑게 인사를 나누고 어쩐 일로 이렇게 날 만나러 왔냐고 물어보았다.

그의 옆에 앉아 있던 젊은이도 같이 일어나 인사를 했다. 영문을 몰라 어리둥절해 있던 내게 자기 아들이라며 소개를 해주었다. 아주 늠름하게 잘생긴 젊은이였다. 군의관으로 있다가 제대한 지 얼마 되지 않는다고 했다. 어쩐 일로 아들까지 함께 나왔을까 궁금한 생각이 들었다. 그 친구는 대학교 때 1학년까지인가 다니다가 다른 학교로 갔었다. 정확하게는 다른 학교로 옮겨 갔었는지 휴학을 했었는지는 모르겠다. 암튼 학교에선 더 이상 그 친구를 만날 수 없었다.

그랬던 그였는데 의외의 장소에서 만나 뜻밖의 얘기를 듣게 되었다. 그의 아들에게 나를 소개하며, '이 선생님이 내가 얘기하던 분'이라고 하는 것이었다. 무슨 일로 이렇게까지 하지? 자기 아들에게 어떤 연유의 내 얘기를 했길래 이렇게 데리고 나와서 인사까지 시키는 것일까 점점 궁금해졌다. 얘기는 이랬다.

그가 학교를 다니고 있을 때였다. 수업을 마친 후 집으로

가는 길에 우연히 그와 만나 함께 걸어간 일이 있었다. 집에 가는 길이 같은 방향이었다. 그때 그 친구가 어떤 심각한 문제를 내게 털어놓고 얘기를 했던 것까지는 기억난다. 그때 내가 사정 얘기를 잘 들어주었고 거기에 대한 문제를 나름대로 잘 풀어 주었던 모양이었다. 그는 당시 내가 했던 말들을 오래 잊지 않았으며, 늘 고마운 마음을 가지고 살았다는 것이다. 직장 생활을 하면서 힘든 일도 많았지만 그럴 때마다 내가 해준 그 말을 생각하면서 잘 이겨냈고, 꼭 잘 살아서 언젠가 날 만나면 잘 살았노라고 얘기해 주고 싶었다는 것이었다. 그런 얘기를 아들에게도 했다고 했다. 내게 잘 키운 아들의 모습을 보여주고 싶었노라면서, 아들을 데리고 나온 연유를 그제야 알 것 같았다. 아버지와 함께 나와서 앉아 있던 그의 아들은 정말 잘 성장한 멋진 청년이었다.

사실 그날 거기까지 찾아 나오기 전에도 나를 많이 찾았었다고 한다. 수소문하던 우연한 기회에 내가 속한 작가회 총무와 연결이 되어서 소식을 들었다고 한다. 다행스럽게도 총무가 나와는 친한 사이였기에 내가 미국에 산다는 거며 그날 회의에 참석할 거라는 소식을 자세히 알려 주었던 모양이다.

그날 그 친구는 사오십 년 전 학창 시절에 어떤 일로 상심하고 있었을 때 내가 해준 말로 큰 위로를 받았다고 했다. 늘

고마워하며 잘 사는 모습을 보여주고 싶었단다. 직장 다닐 때
는 늘 바쁘고 시간이 없기에 마음에만 간직하고 있었고 퇴임
을 한 후에 시간을 내서 첫 번째로 하고 싶은 일을 한 거라고
했다. 나는 그 얘기를 들으면서 내가 어떤 말을 했었는지 아슴
푸레하게만 감지되었다. 어떤 말이었던지는 소상하게 기억나
지 않아서 안타깝고 미안했다. 내가 했던 어떤 말이 그에게는
그렇게 큰 의미로 간직되어 삶의 힘든 고비마다 위로로 삼고
날 기억하며 고마워했다는 것이 감동으로 다가왔다. 가슴이
찡했다. 그의 마음 바탕이 얼마나 순수하고 따뜻한가.

그 후에 그의 시골집에 놀러 간 일이 있었다. 그때가 3월쯤
이었다. 공주에 자그마한 시골집이 있는데 함께 봄나들이 가
지 않겠냐고 그 친구가 먼저 말했다. 대학교 다닐 때 '동그라
미'라는 이름으로 모였던 친구들이 다들 흔쾌히 동참했었다.
약속한 날짜에 공주 시골집에서 모였다. 수십 년이 지난 후에
함께 만나니 몹시 반가웠다. 아무도 살지 않는 집이라고 했는
데 방은 따뜻하게 데워져 있었고 냉장고엔 먹을 음식들이 채
워져 있었다. 웬 우렁각시가 나왔었냐며 궁금해했다. 알고 보
니 전날 그 친구의 부인이 함께 와서 빈집을 청소해놓고 음식
까지도 채워 놓고 갔다는 것이다. 웬일이냐며 우린 잠시 감동
에 휩싸였었다. 우린 그 친구가 훌륭한 부인을 아내로 맞았다

며 복도 많다고 했다. 세상에 그런 부인이 어디 있겠냐고들 한 마디씩 해댔다.

친구의 그 멋진 아들이 결혼할 땐 내가 가보지는 못했지만, 주례 선생님을 연결해주기도 했다. 그 친구는, 나더러 언제 같이 다녔던 캠퍼스에 한번 가보자고 했다. 내가 그때는 시간이 되지 않아서 못 갔다. 그게 후회로 남게 될 줄은 몰랐다. 몇 년 후에 소식을 들으니 그렇게 마음이 순수하고 건강하던 그 친구가 뇌졸중이 와서 다시는 친구들 모임에 나오지 못한다는 것이었다. 그 전에 그는 한 달에 한 번씩 모이는 동그라미 친구들 모임에 가끔 나왔었다. 아픈 친구를 위한 약초며 먹을 것을 한 보따리 싸 와서 나눠 주고는 식사도 같이하지 않고 휙 사라지곤 했다고 한다.

아, 그 친구의 캠퍼스 한 번 가보자던 작은 소원을 그때 들어주었어야 했는데… 다음이라는 시간은 기다려주지 않았다. 그걸 알았을 땐 이미 늦었다. 그 친구는 평생 좋은 삶을 살려고 그 위로의 말을 간직하고 살았다니 얼마나 멋진 사람인가. 또 그는 잘 키운 아들을 자랑스러워하며 내게 인사시키고 고마움을 전했는데, 나는 그의 작은 소원 하나 들어주지 못했다. 여간 후회스러운 게 아니었다. 그 친구가 회복되어 친구들과 함께 캠퍼스 길을 걸어 볼 수 있는 날이 오기를 나는 소망한다. 그리고 나는 그 친구로부터, 미안해하지 않아도 괜찮다는 위로의 말을 들을 수 있으면 좋겠다.

오래 전, 친구가 자기 마음을 헤아려서 해준 어떤 위로의 말을 가슴에 고마움으로 품고 있었다는 건 한 편의 동화다. 대단하지도 않았을 내 위로의 말이 그의 마음에 닿아 한 편의 동화처럼 엮여 나왔다는 게 너무 큰 감동이다.

생각해 보니 우리는 알게 모르게 누군가에게 위로가 되는 말을 건넬 때가 많다. 때로는 무심코 던진 한마디가, 때로는 진심을 담아 전한 격려가 누군가의 인생에 작은 등대가 되기도 한다. 내가 기억하지 못하는 말이 친구에게는 평생의 힘이 되었듯이, 우리가 모르는 사이에 우리의 말과 행동은 다른 사람의 삶 속에서 조용히 빛을 발하고 있을 것이다.

그렇다면 오늘 내가 만나는 사람들에게도 그런 따뜻한 씨앗을 심을 수 있을 것이다. 상처받은 이의 마음을 헤아려 건네는 말 한마디, 힘든 시간을 보내는 누군가에게 전하는 작은 관심이 언젠가 그들의 삶에서 아름다운 동화로 피어난다면 얼마나 살맛 나는 세상이 되겠는가.

실패한 날에도 용기를 내봐

때로는 자신에게 최면을 걸듯이 "나 괜찮아, 나 괜찮은 사람이야"라고 말할 때가 있다. 이때의 괜찮다가 의미하는 바는 "나 잘 해낼 수 있어 용기 내자, 혹은 나 소중한 사람이야 가치 있는 사람이야" 하면서 자신을 추스르며 잘 해보겠다는 의지를 다짐하는 말로 생각하면 된다. 자주 자신에게 "나 괜찮아, 나 괜찮은 사람이야" 이런 피드백을 주는 것은 참 바람직하다. 스스로 자신의 가치를 업그레이드시켜 보고 자신을 소중하게 여기며 일깨워 주자. 자존감을 세워주고 가치 있는 삶의 방향으로 나아가게 다독거리는 것은 자신에게 주는 좋은 선물이 된다.

이 세상에 자신을 가장 잘 알고 사랑해 줄 사람은 자신밖에 없다. 내가 없으면 세상 모든 것이 허사다. 살다 보면 실패할 날도 있고 좋은 날도 있다. 실패할 때 자책하면 실패의 늪으로 깊이 빠질 수 있다. 그 수렁에서 빠져나오기가 더 힘들어진다. 넘어졌다가도 "그럴 수도 있지" 하면서 툴툴 털고 일어날 수 있는 용기가 필요하다. 자신을 일으켜 세운 후에는 보듬어 주고 안아주며 위로해 주자.

얼마 전에 이정훈 작가의 『위로는 서툴수록 좋다』 책의 낭독 챌린지로 지목을 받았던 일이 있었다. 거절할 수 없어서 일단은 허락했다. 다음 낭독자를 지목한 후에 낭독을 하게 되어 있다. 낭독 메시지에 다음 지명자가 들어가야 한다. 두어 번 시도 끝에 다음 낭독자를 지목할 수 있었다.

책 속에서 마음에 와닿는 글을 찾아서 1분 30초짜리 낭독은 했다. 그 다음엔 영상을 만들어야 한다. 나는 재작년까지도 캡컷을 이용해서 영상을 만들었고, 유튜브도 일부 공개로 만들었었다. 나를 다음 낭독자로 지목한 분에게 영상 만들기를 할 수 있을지 모르겠다고 얘기했더니 영상 만들기 쉬운 거라면서 소개해준 게 있었다. 그걸 한번 써보려고 시도를 해보았다. 생각처럼 되지 않았다. 직접 내 음성으로 낭독하고 싶은데

AI가 알아서 하는 앱이라 어떻게 할지 모르겠다. 두어 번 시도해 보다가 포기했다.

전에 하던 게 나을 거 같아서 캡컷을 해보려고 시도해 보았다. 그 또한 안 해본 지 몇 년 지났기에 변한 게 많아서 쉽지 않았다. 해보다가 헤매게 되니까 그냥 닫고 나와버렸다.

유튜브는 나으려나 하고 들어가 보았다. 이것 또한 손을 놓은 지 꽤 시간이 지났는지라 시도는 해보았지만 그새 잊어버려서 헤매다 나왔다.

내가 여유가 없이 하려니 다 힘들다. 하긴 해야겠는데 영상이 준비되지 않아서 낭패스러웠다. 궁여지책으로 그냥 인스타그램이나 스레드에 올려봐야겠다고 생각하고 인스타그램으로 갔다. 열어만 놓고 제대로 활용하지 못했다. 스레드로 옮겨 갔다. 일단 메시지를 적고 사진을 올리고 낭독한 것도 올렸다. 아. 이게 제대로 되지 않았다. 낭독한 것은 안 올라갔고 사진만 올라갔다. 암튼 시도는 했다.

그러다가 '책강대학' 단톡방에 스레드에 올렸다는 메시지와 함께 사진과 낭독 링크를 올렸다. 두 개의 하트가 바로 달렸다. 아, 그때 마침 이정훈 작가의 북 콘서트 사진이 죽죽 올라왔다. 참석도 못 했는데 사진으로나마 보고 축하할 수 있어서 좋다고 생각하며 하트를 눌렀다. 사진이 수도 없이 올라왔다.

금세 내가 올린 낭독 링크와 사연은 위로 까마득하게 멀어져서 벽 타기도 하기 힘들게 되었다. 이정훈 작가의 북 콘서트를 축하해 주면서도 한편으론 수많은 사진에 밀려 올라간 내 낭독 링크가 묻혀버린 게 아쉬웠다. 아, 이럴 때 나도 나 자신에게 서툰 위로라도 해주고 싶었다.

"실패해도 괜찮아. 시도는 해봤잖아. 하려고 노력한 것만으로도 잘한 거야. 그만하면 됐어. 다음에 바쁜 일 끝난 후 다시 영상 만들기도 제대로 배워서 해 봐. 할 수 있어. 용기 내."

자신에게 파이팅을 외쳐 주면서 부족한 자신에게 자책하듯 쏟아붓던 눈총을 멈췄다.

다른 에피소드가 있다. 얼마 전, 이웃 친구 마리아랑 아네트와 레스토랑에 가서 함께 식사한 적이 있다. 그때 우린 세 사람의 합동 생일 축하 자리로 마련한 것이기도 했다. 생일이 비슷한 때여서 맨 마지막 생일인 내 날짜에 맞춰 모인 거였다. 아네트가 준비한 작고 예쁜 세 개의 케이크 얘기며 마리아가 자기 생일날 받은 선물 얘기들로 웃음꽃을 피웠었다. 즐거운 얘기에 우린 흥분되어 "우리는 서로가 서로에게 인플루언서인 거야"라는 말을 나누었었다. 서로를 챙겨주고 서로에게 좋은 영향을 줄 만한 친구가 있다는 건 든든한 일이다. 그때 우리가 나눈 "우린 서로가 서로에게 인플루언서가 되는 거야"라는 말을 하고 나서부터 우린 한결 더 가까워진 느낌이었다. 마리아와 아네트와 나는 함께 손잡고 셋의 생일 축하 기도를 했었다. 서로를 축복해주었던 소중한 시간이었다.

내가 자신에게 해주는 피드백도 때로는 자신을 위로해 줄 수가 있다. 자기 자신에게 최면을 걸듯 "나 잘했어, 잘하고 있어, 나 괜찮은 사람이야" 하면서 자신을 다독여 주고 칭찬해 주다 보면 그 말에 맞춰 살려고 노력하게 된다. 근거 있는 자신감을 가져보자. 다른 사람에게든 자신에게든 위로해 주고 용기를 주는 것은 한 사람을 세워주는 소중한 동기부여가 된다.

소소한 일상이 주는 선물

매일 다니는 산책길에서 마주하는 자연은 내게 생기와 기쁨을 준다. 들판에 자라는 나무나 하늘의 구름은 무심히 지나칠 때는 모르겠지만 자세히 살펴보면 볼 때마다 조금씩 변해 있다. 집에서 나와 공원에 이르기까지는 동네 이웃들의 바깥 정원을 구경하며 지나가게 된다. 이른 봄에는 움트는 꽃나무를 보거나 꽃이 피는 것을 보며 자연의 생명력에 놀란다. 담장 너머로 곱게 피어 있는 능소화 꽃을 보거나 무궁화 종류 꽃을 볼 때는 괜히 한국에서의 추억을 떠올리면서 설레기도 한다.

공원에 다다르면 다양한 나무와 풀들이 자라는 걸 본다.

나무들은 늘 같은 모습으로 그 자리를 지키고 있을 것 같다. 신기하게도 며칠만 안 보다 만나면 다른 느낌을 안겨 준다. 사람들이 옷을 갈아입고 머리 모양을 달리하듯 나무나 풀들도 철 따라 옷을 갈아입기도 하고 색다른 친구가 나타나기도 한다. 호수도 한결같은 모습으로 변화를 모르는 것처럼 생각될 수 있으나 갈 때마다 호수는 다른 이야깃거리를 자아낸다.

은퇴 후 삶은 집에 머무는 시간이 길다. 커피 모임도 없는 날은 집에 혼자 있다가 가끔 심심하면 뒤뜰에 나가 텃밭에 자라는 것들을 둘러본다. 풀이 자라는 게 보이면 뽑곤 한다. 앞마당 잔디밭에도 나가 본다. 잔디도 그냥 잘 자라기만 하는 것은 아니다. 처음 몇 년 동안은 그렇게 잘 자라던 잔디가 얼마 전부터 누렇게 마르기 시작했다. 여기저기 잔디가 말라 죽은 자리는 보기 흉한 모습이 되었다.

걱정하고 있는 사이 관리사무소에서 경고장이 날아왔다. 잔디를 다시 깔아야 했다. 한 번 잘못되니 새로 이식한 잔디가 잘 자라질 않는다. 올봄에 다시 깔았다. 이번엔 달랐다. 스프링클러가 나오지 않는 날엔 매일 호스로 물을 열심히 주었다. 정성을 들인 때문인지 다행스럽게도 잔디가 제대로 자라고 있다. 이번엔 마음이 놓인다. 틈만 나면 잔디밭의 풀을 뽑는다. 풀이 들판에 나서 자란다면 아무도 뭐라 할 사람 없는 제자리이지만, 집 잔디밭에서는 잡초라고 뽑혀 나간다.

때로 이웃과의 교류에서도 작고 소소한 즐거움을 맛본다. 이웃과는 자주 안부를 묻고 지낸다. 서로 부담 주는 일 없이 각자의 일상을 즐기다가 시간이 맞을 땐 산책도 같이하며 이런저런 일상 얘기를 나누기도 한다. 특별한 날엔 작은 이벤트로 서로 챙겨주기도 한다.

작년에 내가 무지외반증 수술을 했을 땐 교회 친구가 병원에 데려다주었고, 수술한 날 밤엔 이웃에 사는 미국 친구가 내 집에 와서 자면서 날 돌봐 주었다. 올해 그 친구가 눈 수술을 할 땐 내가 그녀를 병원에 데려다주었다. 재작년에 친정아버지가 돌아가셨을 땐 내가 이웃 친구들한테 얘기도 안 했는데 꽃을 문 앞에 가져다 놓기도 했다. 한국 교회 분들이 온 것을 보고 눈치를 챘던 모양이다.

나보다 나이가 어린 이웃들과 친구로 지내다 보니 젊은 에너지를 받아서 좋다. 공원 어디쯤에 쉼터가 생길 예정이라든가 새로 생긴 식료품점의 물건이 싱싱하고 좋다든가 소소한 정보도 나누면서 이웃 간의 친분을 쌓아가고 있다. 그녀들은 내게 한국 문화에 관한 것이며 건강한 음식과 좋은 삶을 배운다며 고마워한다.

내가 마리아를 좋아하는 것 중의 하나는 바른 삶의 태도이다. 그녀는 직장 생활로 바쁜 중에도 토요일마다 마을 커뮤니티 봉사 활동에 참여한다. 공원을 가꾸는 일에도 관심이 많다. 산책하다가 쓰레기가 보이거나 나뭇가지들이 길에 널브러져 있으면 치우려 든다. 또 아네트는 부지런하고 끈기 있다. 매일 아침마다 나보다 많이 걷는다. 이웃을 위한 배려가 깊고 친절하다. 나는 이웃 친구들과 산책을 함께 한다든가 가끔 커피도 함께 마시며 소소한 일상 얘기를 나누는 그 자체가 좋다. 거기다 영어 공부까지 하게 되어서 여간 좋은 게 아니다.

일주일에 두 번은 가까이 사는 한국 교회 친구들과 커피 타임을 가진다. 함께 만나서 커피를 마시며 온갖 수다를 떤다. 서로 필요한 정보를 나누기도 하고 때로는 집에서 키운 오이나 깻잎이며 손수 만든 케이크 같은 것도 나눠 먹으면서 꾸준한 만남을 이어오고 있다. 누가 출석을 부르거나 개근상을 주는 것도 아닌데 못 나오면 큰일 나는 것처럼 다들 즐겨 모인다.

멀리 떨어져 있는 친구들 얘기도 해야겠다. 새바람교회 친구들이나 아롬회 직장 동료들, 중고등학생 시절 친구들과 대학 친구들은 카톡 단톡방에서 안부 전하며 소통을 하고 있다. '동그라미' 친구들은 60년 지기 대학 친구들이다. 우린 학교 다닐 때 외모도 동글동글 생겼고 키도 고만고만한데 서로 위해주는 마음 씀씀이가 동그라미 같다 하여 동그라미라는 이름을 붙였다. 서로들 힘들 때 기도해 주고 좋은 것들 나눠 주고 싶어 한다. 매일 단톡방에 올라오는 소소한 얘기들로 우린 멀리 떨어져 있어도 가까이 연결되어 있고 노년의 외로움을 서로 보듬어 준다.

이런 소소한 일상을 소중하게 여기고 이어갈 때 그것이 나를 지탱해 주고 가꿔준다. 우리는 바쁘게 흘러가는 시간 속에서 때로는 소중한 순간들을 놓치곤 한다. 이 글을 읽는 여러분은 잠시 멈춰 서서 일상 속 작은 순간들이 품고 있는 반짝이는 감정의 선물을 놓치지 말고 찾아보면 좋겠다. 따스한 햇살 한 줌, 익숙한 멜로디에서 오는 아련함, 친구와 혹은 이웃 간에 주고받는 관심과 배려, 소박한 식사 한 끼에서 얻는 행복감을 즐기고 누릴 줄 알아야 한다. 그 속에 숨겨진 감동과 위로를 발견하게 될 때 삶은 더욱 풍요롭고 의미 있게 빛나지 않겠는가.

진짜 잘 산다는 것의 의미

나는 잘 살고 있는가 스스로에게 물어본다. 전반적인 삶에서 본다면 분명 잘 산다고 하고 싶은데 어쩐지 잘 산다는 대답이 선뜻 나오지는 않는다. 그건 내가 잘 산다고 하기에는 어떤 면에서든 자신이 없고 부족하기 때문이다.

'진짜 잘 산다는 것'에 담을 의미를 짚어 본다. 여기서 잘 산다는 의미를 몇 가지로 생각해 볼 수 있다. 제일 먼저 떠오르는 건 경제적으로 잘 산다는 거다. 새마을 운동이 한창일 때 '잘살아 보세'라는 노래를 많이 불렀다. 그 시절에는 어느 무엇보다 경제 성장이 우선 과제가 되었던 때다. 잘 산다고 하면

부자로 잘 산다는 의미가 강하게 와닿는다. 감사하게도 지금 우린 그런 시대를 훌쩍 뛰어넘었다. 잘 산다는 의미도 한 차원 높여서 생각해 보아야 한다. 이 시대에 잘 산다는 것은 문화적으로나 정신적인 면을 포함해야 한다. 나이 들어서는 무엇보다 건강하게 산다는 의미를 빼놓을 수 없다.

노년의 내 입장에서 보는 '진짜 잘 산다는 의미'에는 무탈하게 건강한 삶을 누린다는 뜻이 담겨 있다. 조금 달리 표현해 보면 '건강하게 가치 있는 삶을 사는 것'이 된다. 그것을 추구하며 잘 살고 싶은 소망이 담긴 거다.

젊을 때는 아이들 교육비며 먹고사는 데 돈 쓸 일이 참 많다. 그럴 땐 돈이 있어야 잘 사는 거라고 생각한다. 세상 사는 데 돈이 필요한 경우가 왜 없겠는가. 돈이 있으면 하고 싶은 것들을 만족시켜 주며 좀 더 편하게 살 수 있다. 그런 부분은 인정한다. 그러나 한편으론 돈으로 인해서 사람이 교만해질 수도 있고, 자칫 잘못하면 돈 때문에 위험해지거나 불행해질 수 있는 요소도 없잖아 있다. 나이 들고 보니 돈이란 자존심을 지킬 만큼만 있으면 좋다고 생각한다.

언젠가 이렇게 생각했던 적도 있다. "내겐 왜 돈 쓸 일이 항상 6개월 앞서 다가오는 거야?" 하고 말이다. 그때는 푸시킨의 시 '삶이 그대를 속일지라도'를 읊조리면서 위안을 삼기도 했다.

나이 들어 잘 산다는 것에 대해 생각해 보니까 젊을 때와는 사뭇 다르다. 젊을 때는 누구나 목표 설정을 해놓고 그 목표에 다다르기 위해 치열한 삶을 살 수밖에 없다. 살아낸 세월 뒤돌아보면 삶의 굽이마다 힘들고 어려운 일이 많았다. 그런대로 잘 넘어왔고 잘 살아냈다. 이제 잘 산다는 것에 넣어 볼 단어로 자존감, 신뢰, 여유, 인정, 건강, 편안함, 봉사, 소망, 비움, 감사 이런 게 있다. 이런 단어가 무늬진 삶을 추구하는 것에서 기쁨과 행복도 찾을 수 있다. 그런 것들이 잘 산다는 의미에 묻어나면 좋겠다.

이제 내게 남은 생애를 통해서는 애써 돈을 모아야 한다는 생각도 없고 그럴 여력도 없다. 세끼 밥을 먹을 수 있고 가족이나 친구, 지인들과 만나고 싶을 때 만나러 갈 수 있는 건강과 약간의 여유가 있으면 족하다.

큰 뭔가를 가지고 싶은 욕심을 내려놓고 마음을 비우면 편하다. 현재 내가 가진 것만으로도 넉넉하고 감사하다. 잘 살고 있다는 자부심마저 들게 해준다. 이렇게 비움에 대해 인식하는 것은 체념이 아니다. 없어도 불편하지 않은 마음이면 잘 산다고 생각한다. 그런 자부심과 유연함은 내면에 가꿔진 여유에서 비롯된다.

이런 자부심과 유연함은 하루아침에 형성되지는 않는다. 타고난 성향도 작용할 수 있고 개인의 가치관이나 노력에 따라서 틀이 잡힌다고 생각한다. 좋은 가치관이나 삶의 틀을 형성하기 위해서는 훌륭한 롤모델이 있으면 더 좋다. 그 롤모델을 가까이서 찾을 수 있다면 좋은 일이다. 삶 속에서 찾지 못한다면 책을 통해서 찾는 방법은 손쉽고 폭이 넓다. 책 세상에서는 시공을 초월한 다양한 인물들과 만날 수 있다. 책을 쓰는 사람들은 치열한 삶, 수많은 고뇌, 남다른 인내, 성공의 방법들을 몸소 체험하고 공부한 것 중 가장 중요한 것을 책에 써 놓는다. 한 책에서 참 인생과의 조우를 짧은 시간에 부담 없이 할 수 있다.

나는 요즘 오래 묵혀둔 꿈을 다시 꺼내 가꾸고 있다. 그 꿈의 하나가 글쓰기이다. 이렇게 하고 싶은 것을 하고 살면서 작은 성취감 같은 걸 맛보는 것도 잘 사는 것 중의 하나가 아닐까 생각한다. 사람마다 가치관에 따라서 잘 산다는 의미가 다를 수 있다. 각자가 잘 산다고 생각하며 그 삶에 만족하면 된다.

괜찮게 그러나 단단하게

"완벽하지 않아도 괜찮아. 그럴 수도 있지"라고 스스로를 토닥여준다. 그런 한편으로는 삶의 무게 앞에서 흔들리지 않는 단단함을 갈망하기도 한다.

'괜찮게 그러나 단단하게'라는 제목이 담고 있는 의미 속에는 내게 주어진 삶을 허술하지 않고 보람차게 살고 싶다는 삶의 푯대 같은 것이 펄럭인다.

어쩌면 우리는 가끔 자신에게 '이만하면 괜찮아'라고 속삭이며 너그러이 인정해 주고 싶을 때가 있을지 모른다. 또 어떤 때는 세상의 어떠한 풍파에도 흔들리지 않는 굳건한 마음으로 나아가고 싶기도 하다. 내가 이 글을 통해 전하고자 하는 '괜찮게 그러나 단단하게'라는 삶의 태도는, 바로 우리 내면의 이두 가지 소망이 서로를 포용하며 아름답게 조화를 이룰 때 비로소 진정한 평온과 강인함이 찾아온다는 깨달음이다.

삶에서 '괜찮게'의 예를 살펴보면 그 뜻이 명확해진다. 내 삶을 돌이켜 보면 괜찮게 살기는 했다. 단단하게 살았는가에 대해서 곰곰이 되짚어 본다. 어떤 높은 목표를 세우고 그 목표를 향해 치열하게 달려본 일도 없고, 온몸 던져 성취해 본 일도 없다. 아무리 생각해도 내 삶에는 보통 사람으로서 무난하고 평탄한 삶을 살았다고밖에 말할 수가 없다.

이건 내가 무언가를 받아들이는 인식의 문제이고 성격의 문제에 기인한 것인지도 모르겠다. 나는 아무리 힘든 것이라도 내 앞에 주어진 것들은 내가 받아들이고 이겨내는 편이다. 내가 결혼을 한 걸 생각해도 그렇다. 대부분은 야무지게 따져 보고 조건 같은 것도 재본다는데 난 그런 생각을 하지 않았었다. 배우자의 이상형은 이러이러해야 한다고 염두에 두고 선택을 한 것도 아니다. 그렇다고 아무 생각이 없었던 건 아니다. 처음 만났을 때 학구적인 분위기에 이끌렸던 것이 아닌가 생각한다.

나는 그때 교사 생활을 시작할 무렵이었다. 여건이 되면 공부를 계속하여 교수가 되고 싶다는 생각을 했었다. 그럴 때 만난 사람이 공부하는 사람이었다. 그게 내 마음을 흔들리게 했다. 그러고 보면 무개념은 아니었다. 내 속의 꿈을 내가 이루지 못하더라도 대신 성취해 줄 수 있는 사람이란 걸 어렴풋하게 눈치챘었던 모양이다.

지나온 결혼 생활 에피소드에 숱한 사연들이 알록달록 무늬져 있다. 내게 주어진 삶을 받아들이고 가꾸면서, 신앙의 테두리 안에서 내 능력껏 하고 싶은 일을 하면서 살아왔다. 내 힘껏 내조했던 남편은 공무원에서 내 꿈의 한 자락인 대학교수로 정년 퇴임을 했고, 말년엔 같은 믿음 생활을 했다. 이렇게 보면 내 인생이 뛰어나게 빛나는 삶은 아니어도 '괜찮게 그러나 단단하게' 잘 살아왔다고 말해도 되지 않을까 싶다. 그러면 된 거라고 스스로를 다독이며 감사한다.

부디 이 글을 읽는 당신도 자신만의 속도로 '괜찮음'의 너그러움과 '단단함'의 굳건함을 탐색하는 여정이 되기를 바란다. 그리하여 두 가치가 삶 속에서 멋지게 어우러져 하루하루를 더욱 빛나고 단단하게, 더없이 아름다운 삶을 가꾸기를 진심으로 응원한다. 모든 괜찮고 단단한 순간들을 통해 당신만의 소중한 인생이 꽃피기를 소망한다.

무관심이 키워 낸 노각

텃밭에 오이 몇 포기를 심어서 길렀다. 가는 줄기에 오이가 달리고 자라는 모습이 여간 흥미로운 게 아니다. 심어놓고 물만 제대로 주면 때맞춰 노란 꽃이 핀다. 얼마 지나지 않아 오이가 맺기 시작하며 한 열흘 정도 지나면 따먹을 만한 오이가 된다.

오이는 꽃눈 분화라든가 암수 착생 같은 것이 여느 작물보다 특이하다. 토마토나 가지의 꽃은 암꽃 수꽃의 구별이 없으나 오이는 암꽃과 수꽃의 구별이 있다. 암꽃이 될 건지 수꽃이 될 건지는 무엇보다 생장 환경에 따라 많이 달라진다고 한다.

오이가 많이 달리게 하려면 꽃이 필 시기에 12℃에서 15℃ 정도의 저온 상태에서 물을 잘 주어야 하고, 질소 비료 같은 것은 너무 많이 쓰지 않는 등 최적의 환경을 조성해 주는 게 좋다.

대개는 열매가 맺기 시작하면 꽃이 지기 마련인데 오이의 경우에는 다르다. 오이꽃은 오이가 다 자랄 때까지 떨어지지 않고 마른 채로 달려 있다. 꽃이 많이 피었다고 해서 모든 꽃에 오이가 다 달리는 것은 아니다. 오이가 달리는 것은 꽃이 필 때 암꽃으로 분화된 상태로 작은 열매를 달고 있다. 수꽃은 노란 꽃만 피었다 오롯이 지고 만다. 오이를 심어서 싹이 나고 꽃이 피고 열매가 맺는 모습을 보노라면 신기하고 재미있다. 마치 아기가 커가는 모습에 사랑스러움과 신기함을 느끼듯 자꾸 들여다보고 싶어진다.

제대로 잘 자란 오이를 딸라치면 꼭지 쪽에서 말간 진액이 묻어나 싱그러움을 더해준다. 오이 서너 포기 심어놓으면 여름 내내 싱싱한 무공해 오이를 식구끼리 먹을 만큼은 따낼 수 있으니 얼마나 고마운가. 처음에 오이가 달리기 시작할 무렵에는 달리는 것마다 몸집이 매끈하게 잘 빠진 걸 볼 수가 있다. 갈수록 모양새가 제멋대로 꼬부라지고 못생긴 게 달린다. 온도가 높아지는 한여름 끝물 무렵의 오이는 못생길 뿐만 아니라 쓴맛까지 난다.

텃밭 오이를 실리적인 가치로만 따진다면 아침저녁으로 부지런히 물 주어 키우는 정성과 노력은 차치하고 물값에도 못 미친다. 하지만 오이가 자라는 과정과 하나씩 달리는 모습만 봐도 큰 농사라도 지은 듯 흐뭇한 기분이 드는 걸 어쩌겠는가. 오이는 수분 함량도 많고 칼로리가 낮은 데다 건강에 좋은 성분과 효능이 많기에 사랑받을 만하다.

한여름 더위가 기승을 부리면 웬만큼 달리던 오이도 수확을 기대할 수 없게 된다. 아침저녁으로 물을 주는데도 40℃를 오르내리는 달라스의 한여름 더위에 견딜 재간이 없나 보다. 줄기가 시들기 시작하고 잎이 말라 갔다. 오이 끝물 즈음엔 고추도 제법 달리기 시작한다. 풋고추를 따려고 밭에 들어갔다가 시들한 오이 넝쿨 뒤쪽에서 누렇게 익어간 노각을 발견했다. 앞쪽에서만 볼 때는 오이가 더 이상 보이지 않았기에 이제 올여름 오이 수확도 끝났구나 하는 서운함이 들던 터였다. 메마른 넝쿨 속에 노각이 달려 있을 줄을 어떻게 눈치챘겠는가. 누군가 숨겨둔 선물을 발견한 기분이었다.

처음부터 노각으로 태어난 건 아니다. 야들야들하고 아삭한 오이로 환영받을 수도 있었겠지만 어쩌다 사람 눈에 띄지 않은 채 노각이 되고 말았다. 전에는 노각나물의 맛을 알지 못

했다. 나이 들었기 때문에 노각을 보는 시선이 달라진 것일까?

텃밭 오이 넝쿨에 숨겨져 있던 노각, 드러내 선택받고 싶었을 테지만 아무도 봐주지 않고 관심 가져주지 않는 사이 너만 알게 몸집을 키우고 누렇게 익어간 거로구나.

무관심 속에 익어간 노각을 늙은 오이라고 무시하지 않고 맛있게 요리해본다. 누런 색상에 군데군데 터진 껍질은 아무리 예쁘게 봐주고 싶어도 억세서 먹을 수가 없다. 두꺼운 껍질은 과감하게 깎아 버리고 꼭지 부분과 끝부분은 쓰기 때문에 잘라 낸다. 반으로 자르고 속에 차 있는 씨앗은 숟가락으로 죽죽 훑어낸다. 채를 썬 다음 소금에 잠시 재어둔다. 20분쯤 지나 물기를 꼭 짜낸다. 식초, 레몬즙, 파, 마늘, 깨소금, 꿀이나 매실청을 알맞게 넣어서 조물조물 무치면 상큼하고 건강하게 먹을 수 있는 노각 무침이 된다. 물론 매운맛을 좋아한다면 고추장과 고춧가루 넣고 고추를 썰어 넣어도 된다. 단지 나는 치유식으로 만들기 때문에 고추나 고춧가루를 쓰지 않는다. 이렇게 무쳐 놓으면 노각을 색다른 별미로 즐길 수 있다.

생각해 보면 우리 인생에서도 잘 나고 성공한 사람만 사는 세상이 아니다. 좀 못생긴 사람도, 좀 부족한 사람도 눈에 띄게 나타나지 않더라도 저마다의 특별한 사명은 있다. 상황이 안 좋다고 슬퍼하거나 주저앉지 말고 나름대로 삶을 일구고 꾸려나가야 한다. 무관심 속에 젖혀둔 것에도 관심을 기울여 본다면 저마다 의미를 확장 시킬 수 있는 구석이 반드시 있다.

더불어 걷는 길

인생길은 때론 고독하고 험난한 여정이다. 혼자 걷다 보면 지치고 외로울 때도 많다. 하지만 옆에 누군가 함께 걸어주는 동행이 있다면 아무리 가파른 오르막길이라도 조금은 더 가볍게 오를 수 있고, 칠흑 같은 어둠 속에서도 한 줄기 빛을 찾을 수 있다. 더불어 걷는 길의 위로는 그렇게 삶을 풍요롭게 만들어 준다.

손을 맞잡고 걷는다는 것은 단순히 물리적인 거리를 함께하는 것 이상의 의미를 지닌다. 그것은 서로의 고단함을 이해하고, 침묵 속에서도 깊은 공감을 나누며, 때로는 기꺼이 서로의 짐을 나누어 주는 행위이다. 기쁜 날에는 기쁨을 배가시키고, 슬픈 날에는 슬픔을 반으로 나누어 준다. 배우자와 친구들, 그리고 사랑하는 가족들과 함께 걸어온 수많은 길 위에서 알게 모르게 따뜻한 위로를 받았고 든든한 힘을 얻었다.

나이가 들수록 관계의 소중함은 더욱 깊어지는 것 같다. 이제는 화려한 수사보다는 진심 어린 눈빛과 따뜻한 한마디 배려가 더 큰 위로가 됨을 안다. 함께 걷는 길은 단순히 목적지를 향하는 여정이 아니라, 서로에게 깊은 안정감과 소속감을 안겨주는 축복이다.

남편 생전에 커피타임을 하면서 얘기를 나누고 친교를 하던 분들과 지난주에 함께 모여 기도를 하고 식사를 했다. 남편이 떠난 지 6주년 되는 날이어서 모였었다. 나는 남편이 떠난 후 지난 시간을 되돌아볼 때가 있다. 그 시간 속에 남편과 함께했기에 삶이 풍성했던 게 아니었을까 생각했다. 함께할 때는 그것이 얼마나 소중했고 삶의 원동력이 되었던가를 제대로 알지 못했다.

요즘 글쓰기를 하면서도 그런 걸 절실하게 느낀다. 남편은 이과를 전공했고 나는 문과를 전공했다. 나는 이과 쪽의 어떤 문제에 접하면 기본적인 이해가 안 되는 것들이 많다. 글을 쓰다가 이런 문제에 직면하게 되면 슬쩍 남편에게 물어보곤 했었다. 어떤 식물의 생장 특성에 관한 것이라든가 인체에 관한 것을 묻게 되면 아주 쉽게 풀어서 설명을 잘 해주었다. 지난번 전자책을 쓰면서도 남편이 있었으면 이런 점들은 잘 가르쳐주었을 텐데 하면서 남편 생각을 한 적이 있다.

혼자 하기보다는 함께 해야 좋은 성과를 얻을 수 있고, 더불어 살아갈 때 삶이 풍성해지고 확장돼 간다는 것을 남편이 떠난 후에야 비로소 깨닫고 있다. 이제 나는 남편의 빈자리를 영적으로 충만하게 채워주시는 주님과 소통하며 함께 걷고 있다. 그리고 가족이나 친구는 물론이고 내가 속한 사회와 모든 테두리 안의 사람들과 함께 걷는 길이 있음에 감사한다. 나를 둘러싼 많은 사람으로부터 알게 모르게 건네받는 위로와 배려가 삶의 버팀목이 된다.

엄마라는 이름으로 살아가는 딸들에게

이 세상 모든 엄마라는 이름으로 살아가고 있는 고귀한 딸들이여! 그리고 사랑하는 나의 딸들아!

요즘 부쩍 너희들이 내게 지나가는 말처럼 들려주던 얘기들이 귓가에 맴돌아 이렇게 마음을 전하고 싶다. 한 생명을 품고, 또 세상에 내보내 온 자식을 마음 다해 기르는 너희의 모습에서 때로는 젊은 날의 나를 보기도 한다. 어떤 때에는 감히 가늠할 수 없는 깊이의 사랑을 보며 가슴이 먹먹해지기도 한단다. 엄마로 살아온 세월이 내게 준 지혜가 있다면 이 작은 위로와 격려의 마음을 너희에게 전하는 것이 엄마의 도리가 아닐까 생각한다.

딸아! '엄마'라는 존재는 세상에서 가장 아름다운 축복이란다. 동시에 가장 무거운 짐이 되기도 한단다. 아이의 작은 손을 잡고 걸을 때 얼마나 사랑스럽고 뿌듯하더냐. 엄마의 눈물과 사랑을 먹고 자라나는 아이들이 안겨주는 기쁨은 무엇과도 바꿀 수 없지. 때로 크고 작은 문제들까지 기꺼이 짊어지고 가는 너희의 뒷모습은 생각만 해도 내 눈을 찡하게 해. 잠 못 드는 밤, 아이의 작은 숨소리에도 귀 기울이느라 너희의 지친 모습을 나는 멀리서도 알아챌 수 있어. 혹여나 내 품이 부족할까, 사랑이 모자랄까 봐 밤을 새워 고민하는 너희의 깊은 마음을 누구보다 잘 알지. 그런 너희가 얼마나 대견한지 모른단다.

어릴 적 엄마 치마폭에 숨어 세상의 모든 것을 궁금해하던 호기심 가득한 너희가, 어느새 내 품을 떠나 또 다른 작은 생명을 품어 안고 그 아이의 세상이 되어주는 모습을 볼 때마다 엄마는 감동이란다. 때로는 내 젊은 날의 서툰 엄마 모습이 너희에게 보일까 조마조마하기도 하지만, 너희는 나보다 훨씬 더 지혜롭고 강인한 엄마가 되어가는 것 같아 장하다 싶으면서 안쓰럽기도 하구나.

세상에 완벽한 엄마는 없단다. 때론 지쳐 넘어지고 싶은 순간도 왜 없겠니. 괜찮아, 딸아! 때로는 자신에게도 따뜻한 위로의 말을 건네고, 잠시 내려놓을 줄도 아는 지혜로운 엄마가 되렴. 너희의 행복이 곧 아이의 행복으로 이어진다는 것을 잊지 마. 혼자 감당하려 하지 않아도 돼. 엄마가 네 곁에 있고, 주변의 많은 사람도 언제든 손을 잡아줄 준비가 되어있으니까. 무엇보다 딸들을 위해 기도하는 엄마가 있다는 걸 기억해 주렴. 세상의 부모된 자는 자식을 위해서, 자기가 믿는 믿음 안에서 간절한 기도를 하지 않을 수가 없단다.

나의 사랑스러운 딸들아! 너의 두 어깨에 지워진 엄마라는 이름의 무게가 때로는 버거울지라도, 너의 사랑으로 피어나 자라가는 생명의 눈부심을 잊지 말아라. 그 모든 순간이 너희를 더욱 단단하고, 따뜻하고, 아름다운 존재로 만들고 있으니까.

엄마는 언제나 너희의 가장 든든한 버팀목이자 가장 열렬한 응원군이며 기도의 용사란다. 늘 사랑하고, 언제나 축복한다. 나의 사랑하는 딸들아! 너희들이 참 대견하고 자랑스럽게 느껴질 때가 언제인지 아니? 내게 힘든 일이 있다고 하면 "엄마, 걱정하지 말고 기도하자"라고 날 안심시켜 주고, 너희에게 어려운 문제가 닥치면 "엄마 기도해 줘"라고 말해 줄 때란다. 세상 살다 보면 누구에게나 삶의 고비가 있고 어려움이나 문제가 생기는 법이지. 그럴 때 좌절하거나 불평하기보다 함께 기도하자고 하는 그 믿음이 얼마나 소중하냐.

내일 큰 손녀의 수시 시험일이지? 할머니가 자식과 손자들을 위해 기도하는 건 너무도 당연한 일이자 기쁨이지. 말씀을 붙잡고, 손녀가 편안한 마음으로 이제껏 단련한 실력 발휘를 잘할 수 있게 해달라고 기도한단다.

"아무것도 염려하지 말고 다만 모든 일에 기도와 간구로, 너희 구할 것을 감사함으로 하나님 아버지께 아뢰라. 그리하면 모든 지각에 뛰어난 하나님의 평강이 그리스도 예수 안에서 너희 마음과 생각을 지키시리라 〈빌립보서 4:6-7〉"

엄마라는 이름으로 살아간다는 것은, 한순간도 기도가 호흡이 되어 사는 삶이 아니면 살아 낼 수가 없더라. 그것이 자신을 세우는 길로 이어지는 거란다.

딸들아! 아빠가 딸들에게 주는 시 한 편 읽어 보겠니? 겉으로는 엄하기만 한 아빠이고 자상하게 대화를 나눌 시간이 별로 없었더라도 가슴 속에는 딸들을 아끼고 사랑하는 애절한 마음을 늘 품고 산다는 걸 그때는 왜 눈치채지 못했을까. 아빠가 떠나신 후 책상 정리를 하다가 발견한 이 시를 보고 난 소리 없이 눈물만 흘렸단다. 오래전 써놓았던 아빠의 이 시가 너무나 많은 얘기를 들려주는구나.

내 딸들

딸들 얘기하면
나는 벌써 가슴이 찡하다.
너희를 위해 기도해야 되겠다고
생각만 해도
저절로 눈물이 배어난다

딸들의 무던한 모습에
때론 약지 못한 모습에
스스로도 잘 감당하기 힘드는데
세상에서도
가장 어려운 일
엄마라는 이름을 껴안고
정신없이 사는 너희를 보노라면
나는 벌써
가슴이 저려오는 슬픔에
밤잠을 설친다

세상 근심 없는 사람 없겠지만

왜 너희는, 너희의 삶은

그렇게 어설프게 보이니

그게 너희 인생이라면

그래도 껴안고 가야 한다면

딸들아!

네 안의 빛을 보아라

담대하라

눈을 크게 뜨고 앞을 보아라

네 앞을 앞서가는 사람을 보라

심호흡 한 번씩 하고

꿋꿋하게, 때로는

유연하게 살아라

용기를 잃지 않는

너희들의 참믿음이

너희를 지켜 주리라

엄마라는 이름으로 살아가는 딸들아! 세상의 모든 엄마와
아빠는 이렇게 애절한 마음으로 말없이 지켜보며 딸들이 잘

살기를 바라는 마음뿐이란다. 사랑하는 딸들아! 참되고 지혜롭게, 자존감을 잃지 말고 건강하게 잘 살기를 바라는 게 세상 모든 엄마의 바람이고 부모의 마음이란다.

4장

관계

나이 들수록 더 잘 연결되어야 합니다

"진짜 연결은 기술이 아니라 마음이다. 배움에 늦은 때는 없다!"

소통은 생존의 기술이다

우리는 자신에 관해, 그리고 누군가를 안다고 할 때 과연 얼마나 알고 있을까? 겉으로 드러난 모습만 알고 있어도 안다고 말할 수는 있겠지만, 그것은 깊이 있는 앎이라고 하기는 어렵다. 대부분은 의례적인 관계이고 스쳐 지나가는 만남에 가깝다. 좀 더 깊이 있는 만남과 사귐을 위해서는 먼저 나 자신조차 나를 다 알지 못한다는 사실을 염두에 둘 필요가 있다. 누군가 나의 말투나 태도에 대해 피드백을 줄 때, 그것을 방어하지 않고 귀 기울여 들을 수 있다면 자기 성장뿐 아니라 관계 형성에도 긍정적인 영향을 미친다.

상대방에게 나의 고민이나 희망, 욕구, 꿈, 선호를 정직하게 드러낼 수 있을 때 소통의 통로는 넓어진다. 더 나아가서 나 자신도 타인도 아직 알지 못하는 잠재적인 영역까지 조금씩 탐색해 나간다면 관계는 한층 더 깊어진다.

우리가 매일 숨 쉬듯 사용하는 소통은 단순히 정보 교환을 넘어 인간관계의 핵심이자 삶을 풍요롭게 하는 근원이다. 우리는 매 순간 타인과 연결되고자 하지만 정작 우리는 소통을 잘하고 있는지는 자신에게 물어볼 필요가 있다. 소통은 타고나는 능력이 아니라 삶을 통해 끊임없이 연마해야 할 섬세한 기술이기 때문이다.

겉으로 나타난 모습만 보고 사람이나 상황을 모두 안다고 생각하기 쉽지만, 누구에게나 보이지 않는 영역은 존재한다. 이를 이해하는 데 도움이 되는 '조하리의 창Johari Window'이 있다. 조하리의 창은 다음 네 가지 영역으로 나뉜다.

첫째는 자신도 알고 타인도 아는 '열린 창'
둘째는 자신은 모르지만 타인은 알고 있는 '맹목의 창'
셋째는 자신은 알지만 타인은 모르는 '숨겨진 창'
넷째는 자신도 타인도 알지 못하는 '미지의 창'

소통이 원활해질수록 열린 창은 넓어지고, 오해와 갈등은 줄어든다. 이를 위해 다양한 소통의 유형과 기술을 익히는 것이 도움이 된다. MBTI 역시 자신과 타인의 차이를 이해하는 하나의 참고 도구로 활용할 수 있다. 중요한 것은 유형 자체가 아니라, 서로 다를 수 있음을 인정하는 태도이다. 서로 다른 유형이 만났을 때 처음에는 어긋남이 생기기 쉽다. 이때 상대를 '틀렸다'고 판단하는 순간 소통은 막힌다. 반대로, 다름을 이해하려는 여유가 생기면 관계는 훨씬 부드러워진다.

소통의 기본은 말하기보다 듣기, 그중에서도 경청이다. 단순히 말을 듣는 것을 넘어, 그 안에 담긴 감정과 의도, 말하지 못한 부분까지 헤아리는 태도이다. 눈빛과 표정, 침묵까지도 읽어내는 경청은 때로 오랜 오해를 풀어내는 힘을 가진다. 경청은 작은 반응에서 시작된다. 고개를 끄덕이거나 짧은 맞장구를 건네는 것, 상대의 말을 한 번 되짚어주는 것만으로도 '나는 당신의 말을 듣고 있다'는 메시지는 충분히 전달된다.

경청 위에 공감이 더해질 때 소통은 깊어진다. '나도 그랬다'보다 '그랬겠구나'라는 말이 관계를 살린다. 여기에 자신의 감정과 생각을 온화하게 표현하는 지혜가 더해진다면 소통은 갈등을 줄이고 관계를 단단하게 만드는 힘이 된다.

소통은 정답이 정해진 기술이 아니다. 삶의 자리에서 끊임없이 조율하고 연습해야 하는 예술에 가깝다. 오늘 한 번의 경청, 한 마디의 공감이 내일의 관계를 더욱 숨 쉴 수 있게 만들 것이다.

나도 할 수 있다, 디지털 적응기

AI 시대, 삶의 곳곳에서 인공지능이 생활의 편리함을 가져다주는 것은 확실하다. 그것을 활용하기 위한 기술을 가지고 사고하는 사람만이 살아남을 수 있다. 세상살이가 갈수록 힘들어진다는 게 문제다.

나는 AI 세상이 펼쳐지고 있는 걸 신기하게 바라보다가도 하루가 다르게 AI가 주도하는 세상으로 빨리 변하는 게 놀랍기도 하고 두렵다. AI가 인간의 삶 깊숙이 들어와 인간을 대신하거나 심지어 인간을 밀어내고 있다. 이런 추세라면 현재 아날로그 세대는 발붙일 곳이 없다. 이런 생활에 적응하지 못하고서는 살아낼 수가 없다. 세상이 빠르게 변하고 있다.

현재도 AI가 엄청난 일을 하고 있다는 건 인정한다. 인간의 삶을 얼마만큼 어떻게 확장 시킬지 호기심이 생긴다. 한국은 매사에 세계 어느 나라보다 빨리 발전해 나가고 있다. IT 강국으로서의 면모를 세계에 떨치고 있다는 것은 얼마나 대단한 일인가. 이런 속에서 저마다의 삶을 살아내야 한다. 디지털 생활에 적응해내야만 살아갈 수 있는 세상이다.

내 초등학교 시절엔 산과 들이 놀이터였고 놀잇감도 자연 속에서 찾았다. 친구들과 산과 들에 지천인 풀잎을 뜯어서 풀각시를 만들거나 나뭇가지를 꺾어서 풀피리를 만들어서 놀기도 하고, 작고 예쁜 돌이나 사금파리를 주워서 공기놀이를 했었다. 그런 놀이를 통해 자연을 배우고 친구와의 사귐, 자연을 이용하는 방법 같은 것을 터득했다. 달라진 요즘 세상의 아이들은 어려서부터 너무나 재미있는 디지털 매체들을 접해서 놀기 때문에 기기 조작을 빠르게 습득하고 디지털 세계의 삶을 즐길 줄 안다.

문제는 나이 든 사람들이다. 3년 전쯤에 한국에 가서 친구들과 어느 식당에 갔을 때다. 키오스크로 주문을 해야 했다. 데스크에 있는 직원에게 주문하는 것이 아니라 기계 앞에서 주문했다. 나도 시도를 해보았다. 주문 방식도 간단하지 않았다. 메뉴를 선택하고 나서도 내가 먹지 않는 것을 빼거나 추가할 수 있는 옵션이 있었다. 선택권이 있다는 건 좋았다. 주문을 잘 해나가다가 그만 거기서 버벅대기 시작했다. 결국은 도움을 청했다. 뒤에 줄을 많이 서 있어서 혼자 시간을 끌며 재시도하기도 눈치 보였기 때문이다. 다음에 갔을 때는 가까스로 혼자 할 수 있었다.

외식을 한 번 하려 해도 키오스크 주문을 할 줄 알아야 하고, 길에 나가서 택시를 타려고 해도 택시를 부르는 것에서부터 결재에 이르기까지 기기 사용을 제대로 할 수 있어야 생존 대열에 끼일 수 있다. 그러니 나이 들었다고 나는 그런 거 몰라 하고 방심할 수가 없다. 느리더라도 배워야 한다.

나의 디지털 적응기는 타자기 자판을 두드린 것에서부터 시작되었다. 1968년, 대학교 4학년 졸업을 앞둔 때였다. 그때나 지금이나 취직의 벽은 만만하지 않다. 혹시 취직하는 데 도움 될까 싶어서 한글 타자를 배웠다. 그때 타자를 배웠기에 훗날 컴퓨터가 보급되었을 때는 쉽게 접근할 수 있었다. 오늘날 디지털 세계와도 연결이 되어 AI 활용법을 배우고 조금씩 익히며 적응하려고 애쓰고 있다.

코로나19 팬데믹 시기 한동안은 사람들과 만남이나 접촉을 할 수가 없었다. 삶을 이어가는 동안에는 누구나 자기만의 숨 쉴 곳이 필요하고 소통은 절실하다. 사람들과의 접촉이 제한되니까 온라인 방식을 통해 만남이 이루어졌다. 미팅이나 회의며 수업도 줌을 통해 이루어지다 보니 필요에 따라 줌을 배울 수밖에 없었다. 나도 그 시기에 미국에서 한글학교 수업을 하고 있었기 때문에 줌을 배웠다. 대면 수업과는 달랐지만 그 상황에선 줌으로 하는 소통이 최선의 방법이었기에 줌 수업을 했다.

그때 줌을 배우길 잘 했다. 요즘 온라인상에서 이루어지는 강의나 몇몇 활동들을 줌을 통해 잘 하고 있다. 줌 미팅에 이어 오디오 클립에 낭독해서 올리거나 블로그나 브런치에 글을 쓰고 있다. 유튜브도 전체 공개로는 하지 않았지만 줌을 배울 시기에 일부 공개 유튜브를 만들어 보기도 했다. 빠르게 확장하고 있는 스레드와 인스타그램에도 일단 발은 걸쳐 놓았다. 아직 서툴고 활동은 제대로 하지 못하고 있어도 발을 들여놓은 것만으로도 내 딴에는 대견하다. 요즘은 디지털 세상이 어찌나 빨리 발전하는지 그걸 다 따라갈 수도 없다. 다만 기본적인 것만이라도 공부해보려 애쓰고 있다.

어떤 면에서는 온라인 세상이 좋다. 모른다고 솔직하게 표현하면 친절하게 가르쳐 주는 친구들이 있다. 그 덕분에 한 가지씩 배워 나가고 있다. 어제만 해도 그렇다. 신정근 저자가 쓴 『마흔, 논어를 읽어야 할 시간』을 읽고서 스레드에 이렇게 글 하나 올렸다.

"마흔, 논어를 읽어야 할 시간이라는 책을 집어 들었다. 나는 두 번째 마흔을 산다. 마흔에 읽지 못한 거 두 번째 마흔에 읽으며 '잘못을 고치기에 우물쭈물하지 마라'라는 제목 한 쪽지를 붙들었다."

이걸 올리고 났더니 용기가 생겼다. 한 단톡방에 솔직하게 내가 스레드 잘 몰라서 활동을 주저하고 있는 거라고 했다. 단톡방 친구들은 문제점도 짚어주고, 어떻게 하라는 방법도 알려 주었다. 나는 고맙게 받아들이고 하나씩 시도해 보겠다고 했다.

디지털 세상이 빠르게 변하고 있기에 내가 따라잡기는 역부족이다. 느리게라도 따라가려고 흉내만이라도 내며 하나씩 배우고 있다. 나의 인생 후배들이지만 신문물에선 앞서 달리는 젊은 친구들에게 말하고 싶다. 준비하는 삶에는 행운이 따른다. AI가 되었건 뭐가 되었건 새로운 것을 두려워하지 말고 미리 배우라, 보람찬 미래를 맞이하고 싶다면.

나를 확장시키는 작은 창

살아온 세월만큼이나 수많은 경험과 지혜가 쌓이는 삶의 여정 속에서, 때로는 거창한 도전이나 특별한 사건이 아닌 지극히 작은 것들이 우리의 세상을 송두리째 확장시키는 놀라운 순간을 선물하기도 한다. 나는 이러한 존재들을 '작은 창'이라 부른다. 언뜻 보잘것없어 보이는 그 작은 창이, 어느 날 문득 내 안의 더 넓은 세상을 비춰주고 바깥의 새로운 풍경을 선사하며, 나 자신을 온전히 확장시키는 계기가 된다.

내게 있어 삶을 풍요롭게 확장시켜준 첫 번째 작은 창은 유년 시절부터 지금까지 호기심을 불러일으키는 '자연과의 교감'이다. 아침마다 창밖으로 쏟아지는 햇살 한 줌, 화단에서 조용히 자라고 있는 꽃나무들의 싱그러움, 동네 공원의 나무들이 들려주는 바람 소리조차 나에게는 큰 위안과 영감을 주는 존재들이다. 특히 자연치유 식단을 추구하며 자연의 식재료에 관심을 기울이기 시작한 후로는 평범한 채소 하나에도 숨 쉬는 생명의 경이로움이 내게 스며들곤 한다. 이 작은 순간들은 다소 지쳐 있을 때에도 내 마음을 어루만지고, 바쁘게 돌아가는 세상 속에서 잠시 멈춰 서서 삶의 아름다움을 음미할 여유를 선물한다. 자연의 흐름에 몸을 맡기는 동안 자연스럽게 너그러워지고 겸손해지는 나 자신을 발견한다.

두 번째 작은 창은 다름 아닌 '글쓰기'다. 오랫동안 글을 쓰고 다듬으며, 생각의 조각들을 언어의 형태로 엮어내는 이 행위는 그 자체로 가장 친한 벗이자 스승이다. 에세이 한 편, 짧은 시 한 구절을 적기 위해 내 안의 가장 깊은 곳을 들여다보고, 미처 알아채지 못했던 감정의 흐름을 이해하려 애쓴다.

'한국수필'에 초회 추천을 받은 수필 제목이 '함지박'이었다. 영주 고모님 댁에서 얻어온 그 함지박은 금이 가고 허름한 것이었다. 함석으로 땜질을 한 것만 봐도 세월의 더께가 고스란히 드러났다. 거기에 박물관대학을 다니며 답사갔을 때 모아온 작은 자기 조각 같은 것들을 담아 두었었다. 답답할 때

들여다보는 그것들은 색다른 교감의 창이 되어주었고, 문단 데뷔 글감이 되었다.

'나도 나에게 괜찮다고 말하기'와 같은 글들을 써 내려가면서 자신을 다독이고 용서하는 법을 배웠고, '몸이 보내는 경고'를 쓰며 건강에 대한 깊은 통찰을 얻기도 했다. 컴퓨터 화면에 한 자 한 자 채워질 때마다 닫혀 있던 내면의 문이 열리고, 시야는 더 넓어졌다. 이 작은 창은 나를 끊임없이 사색하게 하고 다듬게 하며, 더 나은 삶이 될 수 있도록 안내하는 소중한 나침반이 되어준다.

나이를 상관하지 않는 '새로운 배움과 호기심' 또한 나를 확장시키는 소중한 작은 창이다. 노년에도 스마트폰을 만지작거리고, 새로운 정보를 검색하며, 때로는 온라인 강의를 기웃거리는 일은 젊은 세대에게는 평범할지 몰라도 나에게는 매 순간이 신기하고 경이로운 경험이다. 예를 들어, 매일 만들어 먹는 스무디 재료들의 효능이라든가 새로운 건강 식단에 대해 알아보거나 과거에는 접할 수 없었던 다양한 문화와 지식들을 탐험하는 과정은 굳어진 생각들을 말랑하게 한다. 그리고 세상을 더 유연한 시선으로 바라보게 한다. 이러한 작은 배움은 고정관념의 틀에 갇히지 않고, 삶의 마지막까지도 끊임없이 성장할 수 있다는 자신감을 심어준다.

또 다른 작은 창은 내가 붙든 소소한 일상이나 색다른 여행이다. 중년에 들어서 이스라엘 성지 순례며 유럽 여행을 하면서 많은 것을 보고 듣고 느끼기도 했었다. 나이 들고 보니 꼭 세계 여행을 통해서나 드라마틱한 사건만이 우리를 성장시키는 것은 아니다. 우리 삶의 매일 속에 숨 쉬는 소소한 순간들, 스쳐 지나가는 인연들, 작은 호기심들이야말로 우리를 진정으로 확장시키는 보물 같은 작은 창이다.

이렇듯 글쓰기, 자연과의 교감, 그리고 새로운 지식에 대한 호기심, 소소한 일상과 색다른 여행이라는 작은 창들은 나를 한 단계 더 폭넓은 존재로 확장시켜 주었다. 이 창들은 때로는 나를 더 깊이 이해하게 했고, 때로는 세상을 더 넓은 시선으로 바라보게 했으며, 때로는 삶의 의미를 더욱 풍요롭게 했다. 자존감이 무너질 것 같았던 순간에도 이 작은 창들을 통해 들어온 한 줄기 빛이 나를 일으켜 세웠고, '나는 괜찮다'라고 자신에게 말할 용기를 주었다. 나이가 들었다고 해서 배움과 성장을 멈출 이유는 없다는 것을, 작은 것들 속에서 삶의 무한한 가능성을 발견할 수 있다는 것을 이 작은 창들이 가르쳐주었다.

나는 앞으로도 열린 마음으로 내 삶 속 작은 창들을 통해 끊임없이 자신을 확장시키며, 매일매일 새롭고 설레는 나를 만나고 싶다. 이 작은 창들이 선사하는 기쁨과 배움이 나의 남은 삶을 더욱 찬란하게 비춰 주리라 믿는다.

창밖 풍경을 내다본다. 감이 한창 익어가고 있는 단감나무 가지에 새 한 마리가 앉아 있다. 뭔가를 톡톡 쪼고 있더니 갑자기 저쪽 가지로 포로롱 날아서 옮겨 앉는다. 뭔가 다른 먹잇감이라도 찾으려는 몸짓인가?

새 관계망이 건넨 희망

삶이란 거대한 배움의 여정 속에서 우리는 수많은 인연을 만나고 헤어지며 각자의 이야기를 써 내려간다. 시간이 흐르고 나이가 들수록 관계의 폭이 좁아지는 것을 느끼며 고독이 스며든다. 그러나 예기치 않은 순간, 손을 내밀듯 다가온 새로운 관계망은 그 모든 고정관념을 깨뜨리며 삶에 신선한 희망과 활력을 불어넣어 준다. 그들은 마치 메마른 대지에 단비가 내리듯 내 영혼에 다시금 푸른 싹을 틔울 생명력을 선사한다.

나에게 새로운 관계망의 시작은 다름 아닌 '디지털 세상'이다. 내가 다시 글을 쓰고 사람들과 소통하고자 시작한 브런치와 블로그는 단순한 온라인 공간을 넘어, 따뜻하고 새로운 인연들을 엮어주고 내 사유의 폭을 넓혀주는 통로가 된다. 얼굴 한 번 본 적 없는 이들이 내 글에 공감하고, 때로는 진심 어린 격려를 보내주는 것을 보며 위로와 용기를 얻을 때가 있다.

온라인 커뮤니티에서 강의를 듣고 후기를 적거나 글쓰기를 하며 서로의 글에 피드백을 주고받는다. 함께하며 생각을 나누는 동안, 지리적 한계를 넘어선 연결의 힘을 피부로 느낀다. 익명의 울타리 속에서 오히려 더 솔직하고 깊이 있는 자신을 드러낼 수 있다. 이는 고독감을 잊게 하며 삶에 새로운 활기를 가져다준다. 이 새로운 연결들은 '나 혼자가 아니구나' 하는 따뜻한 확신과 함께, 다시금 세상을 향해 마음의 문을 열 희망을 건네준다.

새로운 관계망은 단순한 만남을 넘어, 나에게 끊임없이 성장할 수 있는 지혜와 영감을 안겨준다. 건강한 식습관인 자연 치유나 힐링 푸드에 관한 정보를 탐색하거나, 삶을 반추하며 글을 써 내려가는 과정에서 종종 새로운 관계망 속에서 해답과 깨달음을 얻곤 한다. 가령, 컴퓨터 활용법에 대해 온라인에서 질문을 던지면 낯선 이들이 정성껏 정보를 나누어주었고, 그들의 생생한 경험은 내 컴퓨터 활용법을 보다 풍성하게 만들었다.

전자책을 쓸 때였다. 기획이며 도서 고유번호 등록 방법 등을 어떻게 하는 거냐고 커뮤니티에 질문을 올리면, 앞서 출간한 자들이 다양한 경험담과 조언을 아낌없이 주었다. 막혔던 실마리가 풀리기도 했다. 이러한 상호작용 속에서 나는 새로운 지식을 습득하고, 내 안의 숨겨진 잠재력을 발견하며, 나이에 상관없이 배움은 끝이 없다는 진리를 다시금 깨달았다.

새로운 관계망은 내가 머물러 있는 것을 허락하지 않고, 언제나 한 발짝 더 나아가도록 이끄는 성장의 터전이 되어준다.

무엇보다 나에게 가장 큰 희망을 준 것은 새로운 관계망 속에서 만난 세대를 아우르는 공감대였다. 디지털 공간에서 소통하노라니 나보다 훨씬 젊은 세대들과 교류한다. 처음에는 세대 차이를 느낄 수도 있을 것 같아 걱정되었다. 하지만 그건 기우였다. 내가 가끔 먼저 살아본 경험과 지혜를 나누면 그들은 공감해주었고, 그들의 신선하고 새로운 시각은 내 사고를 유연하게 만들었다. 새로운 AI 사용법을 배우다 잘 되지 않아서 그들에게 도움을 청할 때가 있다. 친절하게 도움을 주는 젊은이들의 모습에서 나는 나이가 아닌 진심으로 소통하는 관계의 소중함을 느꼈다. 그들은 나의 글쓰기 활동을 응원하고, 내가 블로그를 활성화하려는 계획에 아낌없는 지지를 보냈다. 서로에게 따뜻한 동반자가 되어주는 이러한 관계를 통해, 나는 단지 나이가 많다고 해서 세상의 변방으로 밀려나야 할 이유가 없다고 생각했다. 오히려 세대를 아우르는 따뜻한 연결 속에서 서로가 더욱 풍성해질 수 있다는 희망을 발견했다.

새로운 관계망이 내 삶에 건넨 희망은 단지 일시적인 기쁨이 아니라, 내 남은 삶을 충만하게 채워줄 지속적인 에너지가 될 것이다. 나는 이 귀한 인연들을 통해 세상의 문이 항상 열려 있음을, 그리고 우리가 끊임없이 성장하고 배울 수 있는 존재임을 다시금 확인했다. 나이가 중요한 게 아니다. 진정한 삶의 확장은 마음의 문을 열고 새로운 관계를 기꺼이 받아들이는 용기에서 비롯된다.

나는 앞으로도 열린 마음으로 다가오는 새로운 인연들을 소중히 여기며, 그들이 건네는 희망의 손길을 잡고 기꺼이 걸어가겠다. 이 관계들이 선사하는 기쁨과 배움이 나의 남은 삶을 더욱 풍요롭게 수놓을 것이라 확신하며, 새로운 관계망이 건넨 희망의 끈을 잡고 간다.

다시 배우고 쓰며 성장하다

"배워서 남 주라" 하는 말이 기억난다. 오래전 새바람교회 왕 목사님의 설교 제목이었다. 그때는 다소 역설적으로 들렸었다. 그러나 지금까지도 그 제목을 기억하고 있는 걸 보면 신선한 충격을 받았기 때문일 것이다. 열심히 배워서 남에게 주라고 하셨다. 내가 배운 것을 나눠 줌으로써 속한 사회가 함께 성장하고 잘 살아야 한다는 그런 취지였다. 배움의 목적과 가치관을 새롭게 정립한 계기가 되었고 새로운 배움이었다.

인생이란 어쩌면 끝없이 이어지는 배움의 연속이 아닐까? 나이 먹었다고 젊은 사람들보다 더 많이 안다고 말할 수가 없다. 오히려 요즘 세상에선 젊은이들한테 배워야 할 게 더 많다. 젊은이들한테 배우지 않으면 세상살이가 힘들고 뒤처진다. 그러니까 나이 상관하지 말고 배워야 한다. 나에게 있어 다시 배우고 쓰는 행위는 단순히 시간을 보내는 것을 넘어, 내면의 깊이를 더하고 삶의 품격을 높여주는 과정이다.

삶의 어느 순간이든 '다시 배우기'는 나에게 늘 신선한 충격과 활기를 안겨준다. 칠순, 팔순을 넘어서도 나는 배움에 허기져 있는 모양이다. 호기심 가득한 눈으로 세상을 바라보곤 한다. 온라인 네트워크 세상에 호기심이 많다. 새로운 소식들을 검색하고, 건강한 식습관에 대해 더 깊이 탐구하며 식단을 변화시키려 노력하는 것 또한 끊임없는 배움의 과정이다.

최근에는 전자책을 쓰는 과정을 공부해 100일 만에 전자책을 출간했다. 온라인 강좌나 책을 통해 공부하며 새로운 것들을 배우고 익힌다. 이러한 배움은 단순히 지식의 습득을 넘어, 나의 굳어진 생각에 유연성을 더해준다. 그리고 세상을 더욱 넓고 깊이 이해하게 만든다. 새로운 것을 배울 때마다 나의 마음은 물먹은 스펀지처럼 말랑해지며, 잃었던 어린 시절의 호기심과 설렘을 되찾게 된다.

새롭게 배운 지식과 함께 나의 삶을 가장 풍요롭게 하는 것은 바로 '다시 쓰기'의 시간이다. 내게 글쓰기는 단순한 취미를 넘어, 내 내면의 가장 깊은 곳을 들여다보는 거울과 같다. 내가 쓴 '글쓰기가 주는 치유의 힘'이라는 에세이처럼 글은 자신을 다독이고 치유하는 힘이 있다. 막연했던 생각의 파편들을 언어로 엮어내는 과정에서 나는 혼란스러웠던 감정을 정리하고, 놓치고 있던 소중한 의미들을 발견하곤 한다.

가끔 내가 느낀 감동과 깨달음을 시의 언어로 빚어내기도 하고, 때로는 삶의 소소한 일상을 수필로 기록하며 소중한 순간들을 오래도록 간직하려 한다. 글을 쓰는 동안 나는 비로소 온전한 나를 들여다보며 자신과 깊이 대화하는 귀한 시간을 가진다. 글을 쓰는 행위는 나를 더 깊이 이해하게 하고, 세상과 소통하는 용기를 주며, 나의 자존감을 회복시키는 가장 강력한 도구가 된다.

이렇듯 다시 배우기와 다시 쓰기는 서로 맞물려 내 삶을 끊임없이 다시 성장하게 하는 두 개의 바퀴와 같다. 다시 배우기라고 쓴 것은 정규 과정을 이미 거쳤지만 변모하는 세상살이를 따라잡기 위해 다시 배워야 할 것들이 많기 때문이다. 다시 쓰기라고 한 것은 내가 오래전에 문단에 등단했으면서도 적극적으로 활동하지 못했던 뒤늦은 아쉬움을 안고 다시 써보려는 의지의 표현이다. 새로운 것을 배우며 시야를 넓히고, 그 배움을 글 속에 녹여내며 생각의 깊이를 더해 간다는 것은 멋진 일이다. 이 과정에서 나는 단순히 나이를 먹는 것이 아니라, 진정한 의미의 성숙을 경험하고 있다.

건강을 챙기고 식생활과 라이프 스타일을 바꾸려고 힘쓰는 것도 배움과 쓰기를 지속하기 위한 하나의 노력이다. 젊은 시절에는 미처 알지 못했던 지혜를 깨닫는다. 진정한 성장이란 완벽해지는 것이 아니라, 매 순간 자신의 부족한 모습을 본다는 것이다. 있는 그대로를 사랑하고 격려하며 긍정적으로 사는 것이다. 그렇게 배움과 쓰기가 선물하는 성장은 내 삶에 깊이와 품격을 더해줄 것이다.

다시 배움과 글쓰기는 내게 단순한 활동이 아닌, 사는 날까지 이어질 성장의 아름다운 여정이다. 오늘도 나는 새로운 지식의 문을 두드리고, 내 마음속 이야기를 글로 풀어내며 하루하루를 채워나간다. 이 과정을 통해 얻는 기쁨과 깨달음은 그 어떤 값진 보물보다도 소중하며, 나의 남은 삶을 더욱 밝게 비춰줄 것이다. 얼마 전에 나는 한국 만다라차트 공인 코치 시험을 쳐서 자격증을 땄다. 늦었다고 탓하지 않고 이렇게 다시 배움의 길에 서서 배우고 글을 쓴다.

관계는 삶의 체온이다

인생에서 가장 견디기 힘들고 슬픈 일이라 여겨지는 남편과의 사별 후 몇 달을 말을 잊은 듯이 지냈다. 내 기분과는 아랑곳없이 시간은 흘렀다. 마음을 추스를 겸 다음 해 2월에 딸네 집에 가서 2주간 지내고 달라스로 돌아왔다. 봄이 성큼 다가와 있었다. 봄날의 파릇한 생기로 에너지 충전을 받아서 조금씩 일상을 되찾아보려 애쓰던 차였다.

2020년 3월 중순에 코로나19 팬데믹이 닥쳐서 미국 대통령의 비상사태 명령이 떨어졌다. 스크린 속 장면을 보는 것처럼 삶의 양상들은 대책 없는 가운데 변하기 시작했다. 두려움과 우려 속에 집안에만 갇히는 신세가 되고 말았다. 딱히 외출해야 할 일이 있는 건 아니었지만 답답했다. 아침에 나가서 친구들과 만나 잠시 커피 타임을 갖던 것도 멈추게 되고 생필품을 사러 나가는 일조차도 온라인으로 주문하기에 이르렀다.

소소한 삶의 일상들이 하나씩 중단되고 달라지기 시작했다. 마음도 답답하고 괜한 불안감이 스쳤다. 내 개인에게 닥친 이별의 아픔도 미처 정리하기 전에 여태 한 번도 겪지 않은 코로나19 팬데믹 쓰나미가 들이닥쳤기 때문이다. 그 충격의 여파가 더 컸다. 한두 달 지나면 끝나겠거니 하던 사태는 수그러들기는커녕 점점 심각해지고 있었다. 어떤 때는 불감증이 되기도 했다가 갑자기 두렵기도 했다가 감정의 기복이 오락가락하기도 했다. '팬데믹 블루'라는 신조어가 생겨날 만도 하구나 싶었다.

추수감사절 때는 가까이 지내던 교회 분들이 혼자 있는 나를 위해 추수감사절 음식을 가져 왔다. 안으로 들어오라는 말도 못 하고 저만큼 떨어져 서서 잠시 얘기 나누다가 돌아갔다. 미국에선 추수감사절에 한국의 추석 명절 때처럼 가족들을 찾아 먼 여행도 하게 되고 가족들끼리 추수감사절 특식을 즐기는 풍습이 있다. 혼자가 된 나를 생각해서 추수감사절 음식을 나누어준 관심과 배려가 고마웠다. 같이 나이 들어가는 처지인데 독거노인이라고 특별히 챙겨주니 정말 고맙다고 하면서 웃었다.

내가 어찌하다 독거노인이 되어있다니… 말로 독거노인이 란 표현을 하고 보니까 거부할 수 없는 현실임을 실감하게 되 었다. 어느 경우든 받아들이기에 따라서 혼자 산다는 게 외롭 고 쓸쓸하게 느낄 수도 있고, 오히려 자기 주도와 책임감 속에 서 단단하게 살게 될 수도 있다. 어쩌면 그 두 가지가 공존한 다고 생각하는 게 맞다. 어쨌건 처한 형편이나 그 사람의 성격 과 가치관이나 신앙관에 따라서 혼자인 삶을 받아들이는 태도 도 달라질 수 있다.

홀연히 떠난 그림자가 밟혀서 나도 처음인, 혼자인 시간이 낯설고 힘들었다. 그러나 혼자가 된 시간을 내 것으로 받아들 이게 되면서 안정을 많이 찾았다. 매일 이웃 친구랑 동네 산책 길을 걸으면서 건강도 챙기고 자연과의 대화도 나누며 힐링을 했다. 비록 몸은 떨어져 있으나 친구나 가족들과 마음은 가깝 게 카톡으로 자주 안부를 주고받을 수 있다. 글 친구가 있고, 이런저런 얘기들 나누며 서로를 위해 기도해 줄 수 있는 믿음 의 친구들이 있다는 것은 활력소가 되며 소중한 자산이다.

이렇게 힘든 시기임에도 혼자인 시간을 나름대로 살아낸 것은 무엇보다 신앙의 힘이 컸다. 삶의 많은 부분에서 뭔가를 선택하고 결정해야 하는 일에 직면하게 되면 더불어 의논할 상대가 없이 혼자 선택하고 결정짓는다는 게 난감할 때가 있다. 사소한 것일수록 누구에게 일일이 물어볼 수가 없다. 그럴 때 나는 기도한다. 믿음이 있고 기도할 수 있다는 것이 얼마나 큰 힘이 되고 위안이 되며 감사한지 모른다. 사별이라는 개인적인 일과 피할 수 없는 펜데믹을 겪는 동안 삶의 체온마저 잃어버렸었다. 관계가 삶을 유지하는 체온임을 그때 실감했다.

풍성한 삶을 영위하기 위해선 사람들과의 관계 속에서 원활한 소통을 해야 한다는 걸 안다. 관계 형성이 엉성한 가운데서도 살아가야 하는 사람들이 있다. 혼자 삶을 꾸려가는 사람도 있다. 이들에겐 말씀을 통한 영적 소통이 사람들과의 관계 형성 못지않게 중요하다. 성경을 소리 내어 읽고 녹음을 해서 오디오 채널에 올리노라니 말씀을 통한 영적 소통이 이루어짐을 느꼈다. 혼자 기도하고, 성경을 소리 내어 읽거나 듣기도 하고, 암송도 해보니까 마음이 평온해졌다. 지금 내가 처한 형편에서 주어진 그대로를 받아들이고, 감사한 마음을 갖는 게 중요하다. 좋아하는 뭔가를 찾아서 하노라면 혼자인 시간의 여백도 매워지겠고, 자칫 고독의 늪에 빠지기 쉬운 노년의 삶도 고운 느낌표로 찍혀 나오지 않겠는가.

혼자, 때로는 함께하는 감각

우리는 모두 저마다의 속도로 삶이라는 길을 걸어간다. 홀로 사색하며 내면을 들여다보고, 때로는 혼자만의 시간에 편안함을 느낀다. 문득 찾아오는 깊은 고요함 속에서 우리는 이 광활한 세상에서 나 홀로 동떨어진 존재가 아닐까 하는 막막한 고독감을 느끼기도 한다.

그럴 때마다 다시금 일어서게 하고 삶의 따뜻한 온기를 느끼게 하는 것은 바로 '혼자가 아닌 함께하는 감각'이다. 이는 거창한 집단이나 특별한 관계 속에서만 존재하는 것이 아니라, 삶의 아주 작은 조각들 속에서도 느낀다.

어느 날 아침, 동네 산책길에서 마주친 이웃과 나누는 인사, 단골 커피점에서 오가는 짧은 안부 대화 속에서 미묘한 '함께'의 감각을 느낄 때가 있다. 스쳐 지나가는 인연들 속에서도 우리는 서로의 존재를 인지하며 같은 시간 같은 공간을 공유하고 있다는 묘한 연대감을 형성한다. 차 안에서 창밖을 바라보며 각자의 상념에 잠긴 사람들, 같은 신호를 기다리는 옆 차선의 운전자들, 이 모든 익명의 관계 속에서도 홀로 떨어진 섬이 아니라 거대한 삶의 물결 속에서 함께 흘러가는 한 방울의 물이라는 평화로움을 경험하곤 한다. 이처럼 일상 속 소소한 연결들은 매 순간 내가 이 세상의 일부임을, 결코 혼자가 아님을 상기시켜 주며 따뜻한 온기를 느끼게 한다.

더 나아가, 공통의 목적을 가지고 함께하는 활동들은 혼자가 아닌 함께하는 감각을 더욱 강력하게 만들어준다. 온라인 글쓰기를 통해 '힐링작가'라는 닉네임으로 활동하면서 나는 많은 새로운 관계망을 만났다. 온라인 커뮤니티에서 함께 강의를 듣기도 하고 경험을 나누며 글의 방향을 고민하거나 피드백을 주고받을 때도 있다.

얼마 전에 한국 만다라차트협회 공인 코치 자격증을 땄다. 합격은 했지만 부족한 게 많다. 조를 짜서 함께 공부하게 되어서 얼마나 도움이 되는지 모른다. 이럴 때 나는 함께하는 동료들이 있어서 아주 믿음직스럽고 감사하다. 목표를 향해 함께 나아가고 서로에게 긍정적인 자극이 되어줄 때, 우리는 개인의 역량을 훨씬 뛰어넘는 놀라운 시너지를 발휘하게 된다. 혼자서는 엄두 내지 못했던 일들도 '함께'라는 이름 아래서는 용기를 얻고 실행에 옮길 수 있다.

이 '함께하는 감각'은 특히 삶의 힘든 순간에 더욱 빛을 발한다. 나이가 들어가면서 마주하는 여러 가지 어려움 앞에서 홀로 모든 것을 짊어지고 감당하기는 쉽지 않다. 미국에 살면서 언제든 부담 없이 만나는 좋은 모임 친구들이 있어서 참 든든하다. 가까이 사는 교우들과 일주일에 두어 번 커피 타임을 가지면서 안부를 묻기도 하고 생활 정보를 나누기도 한다. 서로들 챙기고 도와주며 사니까 혼자 살아도 크게 걱정하지 않고 산다.

멀리 떨어져 있는 가족이나 친구들과는 카톡 세상에서 수시로 만날 수 있다. 힘든 일이 있을 때 털어놓고 얘기하며 기도를 부탁할 수 있고, 좋은 일이 있을 때 기쁨을 나누고 축하해주며 늘 함께 하고 있다. 이런 유대감이 그리움을 감싼다.

서로 배려하고 도와주는 친구들, 때로는 온라인상에서 이야기를 묵묵히 들어주고 공감해주는 이들의 따뜻한 마음, 혹은 아무 말 없이 건네는 따뜻한 눈빛 속에서 나는 혼자가 아님을 느낀다. 마치 무거운 짐을 나누어 드는 것처럼, 함께하는 마음은 그 무게가 절반으로 줄어드는 마법을 부리는 모양이다. 그리고 함께 기뻐하는 순간에는 그 기쁨이 몇 배로 증폭되는 것을 경험한다. 진정으로 '혼자가 아닌 함께하는 감각'은 기쁨을 나눌 때보다, 슬픔과 어려움을 나눌 때 더욱 깊고 단단해진다는 것을 삶의 지혜로 깨닫곤 한다.

남편이 암 투병 생활을 할 때 얼마나 많은 사람이 기도해 주고 염려해 주었던가. 가족, 동료, 친지, 교우들 모두가 환자의 회복을 위해 기도해 주었었다. 나는 앞으로도 이 소중한 감각을 지켜나가기 위해 노력할 것이다. 문을 닫고 홀로 있기보다는, 열린 마음으로 세상과 연결되고 작은 인연이라도 소중히 여겨야 한다. 그렇게 우리는 서로에게 위로와 힘이 되고, 기쁨과 성장의 동반자가 되어줄 수 있다. 혼자, 때로는 함께하는 이 조화로운 감각 속에서 우리의 삶은 더욱 풍요롭고 아름답게 빛나리라.

오늘보다 나은 내일을 여는 연결

살다 보면 우리는 문득 어제가 오늘이 되고 오늘이 또다시 어제가 되는 듯한 반복 속에서 길을 잃을 때가 있다. 익숙함은 때로 안정감을 주지만, 동시에 우리의 시야를 가두고 내일에 대한 기대를 옅어지게 만들기도 한다. 하지만 삶을 통해 깨달은 진실은 '연결'이야말로 어제의 나와 오늘의 나를 이어주고, 나아가 오늘보다 더 나은 내일을 향해 나아갈 수 있도록 돕는 가장 강력하고 아름다운 힘이라는 사실이다. 이때의 연결은 단순히 타인과의 소통을 넘어, 나 자신과의 연결과 더 넓은 세상과의 연결을 포함하는 다층적인 의미를 품고 있다.

가장 먼저, 나 자신과의 연결이야말로 모든 희망과 성장의 출발점이라고 믿는다. 나는 수필을 쓰고 글을 다듬으며 내면의 목소리에 귀 기울이는 시간을 소중히 한다. 마치 거울을 보듯 글 속에서 나는 미처 알지 못했던 내 감정의 결을 발견하고, 때로는 아팠던 상처를 마주하며 자신을 보듬는다. '나도 나에게 괜찮다고 말하기' 같은 글을 통해 나 자신을 온전히 수용하고 사랑하는 법을 배운다. 운동 챌린지를 계획하거나 하체 근육을 단련하는 것도 내 몸과 마음이 연결되는 소중한 과정이다. 내면과의 깊은 연결은 불안정한 나의 마음을 다독이고, 오늘보다 나은 나를 상상할 수 있는 단단한 자존감과 자기 회복력을 선물한다. 나 자신과의 굳건한 연결만이 흔들림 없는 내일을 향한 발걸음을 내딛게 한다.

다음으로, 우리는 사람들과의 연결 속에서 무한한 지혜와 따뜻한 희망을 발견한다. 젊은 시절의 나는 홀로 모든 것을 감당하려 했지만, 나이가 들어가면서 '함께'라는 감각이 주는 위안과 힘을 절실히 깨달았다. 나는 글쓰기 커뮤니티나 온라인 모임을 통해 새로운 친구들을 만나 삶의 경험과 생각을 나누고, 단톡방에선 건강한 식생활에 대한 정보를 교환하며, 서로에게 긍정적인 영향을 주고받는다. 서로의 이야기에 공감하고 격려하며, 때로는 건설적인 피드백을 주고받는 과정에서 나는 혼자서는 도저히 얻을 수 없는 새로운 관점의 경험과 에너지를 얻는다. 이는 나를 더 큰 세상으로 이끌고, 홀로는 상상조차 할 수 없었던 '함께' 이루는 더 나은 내일의 그림을 그려나가게 한다.

마지막으로, 세상과의 연결은 나의 삶을 무한히 확장시키는 마법과도 같다. 나는 늘 호기심 가득한 눈으로 새로운 지식과 문화에 촉각을 곤두세운다. 건강 관련 정보든, 글쓰기에 대한 새로운 해석이든 끊임없이 배우고 탐구하는 과정은 나를 과거에 머무르지 않게 한다. 그리고 매일 산책할 때 만나는 호수를 바라보거나 하늘을 볼 때 자연 속에서 얻는 영감은 나의 창의력을 자극하고, 삶의 아름다움을 깊이 느끼게 한다. 책이나 예술 작품을 통해 다른 시대와 다른 문화를 경험하며, 나는 나만의 작은 세계에서 벗어나 세상을 이해하는 폭을 넓힌다. 이처럼 세상과의 연결은 나의 지식뿐만 아니라 마음의 지평을 넓혀주고, 오늘보다 더 풍요롭고 의미 있는 내일을 꿈꾸게 하는 원동력이 된다.

이렇듯 나 자신, 사람들, 그리고 세상과의 연결은 서로 맞물려 돌아가며 나의 삶을 매일매일 더 나은 방향으로 이끌고 있다. 각자의 자리에서 단단히 맺어진 이 연결고리들은 나에게 과거를 이해할 지혜를 주고, 현재를 충만하게 살아갈 힘을 준다. 거기다 미지의 내일을 향해 흔들림 없이 나아갈 용기를 선물한다. 오늘보다 나은 내일을 연다는 것은 거창한 표어나 변화보다는, 매 순간 작은 연결들을 소중히 여기고 가꾸어 나가는 지극히 일상적인 노력에서 시작된다. 앞으로도 나는 이 소중한 연결들을 굳건히 붙잡고, 더 밝고 아름다운 내일을 향해 힘차게 나아갈 것이다.

배우며 젊어지는 기쁨

한 친구가 "이거 이렇게 하면 돼요"라며 사진을 찍어 빨간펜
으로 동그라미를 쳐서 자세히 알려 주었다. 요즘 스레드가 대
세라는데 나는 스레드를 할 엄두도 못 내고 있었다. 인스타그
램부터 가입했다. 인스타그램에서 스레드 계정 열기를 하면
된다고 해서다. 닉네임을 적고 가입을 하긴 했는데 게시하는
방법도 쉽지 않다. 혼자 애쓰다가, 단톡방에다 솔직히 스레드
에 글 올린 게 제대로 올라갔는지조차 몰라서 답답하다고 했
다. 내가 올린 게 게시되었고 내 계정 주소도 제대로 되었다고
친절하게 알려 주었다. 그러고도 나는 다른 문제에 부딪혔다.

또 나의 애로사항을 올렸다. 그럼 어떻게 해야 하냐고 물어보았다. 어플 깔고 닉네임 검색해보라고 한다. 어, 어플 깐다는 게 또 뭐지?

새로 깔아본 애플리케이션이 도통 손에 익지 않아 한참을 헤매고 있다. 잘못 쓴 게 있어서 수정하려고 했으나 할 수가 없다. 모르는 게 많아 답답하기만 했다.

"여기 이 아이콘 보이시죠? 이걸 길게 누르시면…"

사진을 찍어 보내주며 설명을 자세하게 해주는가 하면, 사용법을 게재한 자기 블로그 링크를 보내주기도 했다. 그들이 가르쳐 주는 대로 해보니 신기하게도 게시물 올리는 거며 문제가 하나씩 풀려서 큰 도움이 되었다.

"와, 됐다!"

내 입에서 저절로 감탄사가 튀어나왔다. 내가 마치 큰일이라도 해낸 것처럼 기뻐하며 고맙다고 했다. 그런 내게 다들 도울 수 있는 건 다 해주겠다며 아낌없는 응원을 해주었다.

"금방 배우시네요, 힐링작가님. 스레드 글도 잘 쓰시는데요."

그 말 한마디에 스레드 왕초보의 어깨가 으쓱해졌다.

요즘은 '책강대학'에서 하는 온라인 무료 강연에 많이 참석한다. 강의 들은 소감을 짧게 올리기도 하고 강의를 메모해서 단톡방에 올리기도 한다. 좋은 강의 내용을 다시 참고하기 위해 메모를 했다. 강의 메모한 것을 올렸더니 그 시간에 미처 참석하지 못한 회원들이 도움이 된다며 무척 고마워했다. 기록하고 읽으며 '아, 이게 바로 배움의 기쁨이구나' 하는 것을 느낀다.

'학이시습지 불역열호學而時習之 不亦說乎'는 '배우고 때때로 익히면 기쁘지 아니한가!'라는 뜻이다. 대학교 때 원로 교수님께서 논어 학이편 첫 페이지에 나오는 공자의 말씀을 열강하셨었다. 그때는 그 내용이 그렇게 실감 나게 와닿지는 않았다. 배운다는 게 어렵고 힘들다고만 생각되었지 배움에 기쁨이 있다는 걸 그 나이에는 별로 공감하지 못했다. 아이러니하게도 나이 들어서야 배움이 주는 기쁨을 조금이나마 맛본다.

흔히 나이가 들면 배움과는 거리가 멀어진다고들 하지만, 나는 그렇게만 생각하지 않는다. 나이 든다고 더 많이 알고 있을 것 같지만 그렇지가 않다. 나이 들고 기억이 쇠퇴해 감에 따라 배운 것도 그만큼 사라진다. 사라진 만큼 채워 넣지 않으면 그야말로 낡은 사람이 되고 마는 것이다. 나이 들며 낡아지지 않고 제대로 익어가려면 배워야 한다. 심오한 학문 연구를 하라는 게 아니다. 과거에 배웠던 걸 떠올리는 것도 좋고 생활 상식이라도 괜찮다. 잊혀 가는 단어들도 붙잡아 놓고 사용해

봐야 사라지지 않는다. 나이 들어서도 여전히 새로운 것을 배우고 알아가는 기쁨은 삶을 활기차게 하고 마음을 젊게 만들어주는 가장 큰 원동력이 된다. 마치 샘솟는 샘물처럼, 배움은 마르지 않는 에너지를 선사한다.

요즘 나는 AI 활용법을 익히려고 새로운 애플리케이션을 다루거나, 온라인으로 좋은 강의를 듣는 것에 큰 즐거움을 느낀다. 때로는 젊은 친구들과 대화하며 그들의 생각과 문화를 이해하려 노력한다. 이러한 배움의 과정은 닫혀 있던 사고를 확장시키고, 세상을 바라보는 시야를 넓혀준다. 머리가 복잡해지기보다는 오히려 맑아지는 느낌이 든다. 마치 어린아이처럼 호기심 가득한 눈으로 세상을 탐험하는 기분이랄까? 배움은 과거에 머물지 않고 끊임없이 변화하는 삶을 받아들이게 한다.

나이가 든다고 해서 고여 있는 물이 되는 것이 아니라, 잔잔하지만 멀리 흐르는 강물처럼 계속해서 새로운 풍경을 만나려 한다. 오늘도 나는 책을 펼치고, 온라인 강좌의 문을 두드린다. 내일도, 모레도 나는 배울 것이다. 배움이 있는 한 내 삶은 느리지만 조금씩 성장한다.

산소가 필요한 소통의 미학

세모에 딸들과 이런저런 얘길 나누었다. 큰딸은 고3 손녀의 입시가 가장 큰 걱정이라고 했다. 작은딸은 직원들과의 관계가 힘들다고 했다. 새 직원을 뽑아서 일 좀 할 만하면 갑자기 그만둔다고 하지 않나, 출근 시간 임박해서 못 나간다고 하는 등 예기치 못한 일이 생기니 힘들다고 했다. 엄마는 어떠시냐고 묻는 딸들에게, 나는 산책도 하고 친구들과 커피타임을 가지기도 하고 글을 쓰면서 바쁘게 잘 지내고 있다고 했다.

우리는 매일 숨을 쉬며 살아간다. 너무나도 당연하게 공기 중의 산소를 들이마시고 내쉬기를 반복한다. 만약 잠시라도 산소가 부족하다면 어떨까? 숨이 가빠지고, 온몸이 답답하며, 생명까지 위협받는 극심한 고통을 겪게 될 것이다. 문득 우리 삶의 관계 속 '소통'이 산소와 많이 닮았다는 생각이 든다. 진정한 소통이 부재할 때 느껴지는 답답함과 공허함이란… 산소통 없이 심해로 뛰어든 잠수부처럼 막막하기만 할 것이다.

오늘날 우리는 이전보다 훨씬 많은 사람과 연결된 듯 보인다. 손안의 작은 기기 하나로 지구 반대편의 소식까지 실시간으로 접하고, 수많은 사람과 피상적인 관계를 맺는다. 하지만 정작 마음과 마음을 터놓고 이야기할 기회는 점점 줄어드는 것 같다. "밥 먹었니?", "잘 지내?"라든가 '좋아요' 같은 댓글로 대변되는 짧은 교류들이 깊은 만족감을 주기는 어렵다.

그런 속에서도 함께 한다는 공감대는 어느 정도 생긴다. 형식적인 대화 속에서 우리는 종종 오해하고, 오해받으며 때로는 아무 말 없이 상대를 외면하기도 한다. 그럴 때마다 마음속엔 마치 산소가 희박한 공간처럼 설명할 수 없는 답답함과 함께 왠지 모를 상실감이 밀려온다. 진정한 소통이 사라질 때 우리는 공감과 이해라는 귀한 선물을 잃어버리는 것은 아닐까?

하지만 삶은 여전히 우리에게 산소 같은 소통의 미학을 선사한다. 딸들과 오랜만에 진솔한 대화를 나눌 수 있어서 좋았다. 각자의 어려움을 털어놓고 서로의 마음을 헤아려 주던 그

밤은, 마치 맑은 공기를 한껏 들이마신 것 같았고 가슴이 따스해짐을 느꼈었다. 입시를 앞둔 손녀딸과 직장 일로 힘들어하는 딸을 위해 함께 기도하자고 했다.

단지 말을 주고받는 것을 넘어, 상대의 마음을 진정으로 헤아리고 나의 마음을 있는 그대로 전할 때, 비로소 산소처럼 투명하고 생명력 있는 소통이 시작된다. 때로는 따뜻한 눈빛이나 조용한 미소, 혹은 함께 나누는 침묵 속에서도 말보다 더 깊은 이해와 공감을 얻기도 한다. 이것이 바로 서로의 존재 자체로 온전히 위로가 되는, 산소처럼 소중한 소통의 순간이다.

산소 없이는 살 수 없듯이 소통 없이는 진정으로 숨 쉬며 살아갈 수 없다. 산소가 활력을 불어넣듯 진정한 소통은 관계에 생기를 불어넣고 영혼에 풍요로움을 가져다준다.

마음과 삶을 잇는 관계의 지혜

한 동네 몇 집 건너에 사는 마리아가 백내장 수술을 받는 날이다. 오랫동안 피트니스에도 함께 다녔고 동네 산책도 같이하는 친구다. 며칠 전 마리아는 자기가 눈 수술을 받는 날 병원까지 차로 데려다줄 수 있느냐고 물었다. 수술 시간이 낮 12시 45분인데 아침은 굶고 가야 된다고 했다. 병원이 멀지 않은 곳이라 다행이었다. 내가 거기까지 충분히 운전해 갈 수 있는 곳이라 흔쾌히 응했다.

점심시간 때 수술을 하게 되니 수술받고 나오면 배가 고플 것 같았다. 최근에 내가 잘 해먹는 케이크를 해가면 좋겠구나 싶었다. 나는 아침 식사를 간단히 먹고 케이크를 만들 준비를 했다. 고구마 하나를 전자레인지에 넣고 3분간 돌렸다. 바나나 2개와 아보카도도 껍질을 벗겨서 볼에 넣고 으깼다. 익힌 고구마도 으깼다. 여기에 계란 2개를 넣고 밀가루 대신 아몬드 가루와 카사바 가루도 반 컵씩 넣었다. 요즘 깻잎이 한창 날 때라 나는 케이크 만들 때 깻잎을 다져서 넣고 만들기도 했다. 그래서 깻잎도 좀 다져 넣고 베이킹파우더와 시나몬 가루도 약간 넣었다. 소금도 아주 조금 넣고 건포도도 조금 넣었다. 비트 설탕도 좀 넣고 반죽을 해서 오븐에 구워냈다. 식혀서 용기에 담았다.

시간 맞춰 차를 몰고 친구를 태워 병원에 데려다주었다. 수술 시간이 2시간 정도 걸린다고 했다. 집에 갔다 오기도, 그렇다고 그냥 기다린다는 것도 애매한 시간이었다. 다행히 병원 안내 데스크에서 근처 호텔 카페 이용권을 주었다. 보호자를 위한 배려였다. 시원한 카페에서 책을 읽으며 기다렸다. 수술이 끝날 무렵 다시 병원으로 돌아가서 기다렸다. 간호사의 안내를 받으며 나오는 마리아는 조금 피곤해 보였다. 친구를 집에 데려다주고 내가 만든 케이크를 건넸다. 혹시 깻잎을 넣었는데 괜찮겠냐고 주기 전에 물어보았다. 친구는 괜찮다며, 내가 만든 건 다 건강식이라는 걸 아니까 잘 먹겠다고 고마워했다. 괜찮다니 다행이었다. 사실 깻잎을 먹는 나라는 세계에서 우리나라 사람뿐이기 때문에 은근히 걱정했었다.

아침부터 케이크를 만들고 운전도 하느라 힘들었을 법도 한데, 그날은 이웃 친구를 위해 도움 되는 일을 했다는 뿌듯함이 컸다. 내가 만들어 준 케이크를 먹고서 보내준 마리아의 메시지를 읽으며 흐뭇했다.

"Oh thanks, that was amazing! My friend Madelyn loves it too."

관계란 이런 것 같다. 거창한 말이나 약속이 아니라, 필요한 순간 곁에 있어 주고, 배고플 때를 헤아려 무언가를 만들어 주는 작은 실천들이다. 내가 만든 케이크 한 조각이 수술 후 허기진 친구의 배와 마음을 동시에 채워주었을 것이다.

생각해 보면 우리는 누구나 때때로 마리아가 된다. 혼자 힘으로는 감당하기 어려운 순간들을 만난다. 그때 누군가 주저 없이 "그래, 내가 데려다줄게"라고 말해 준다면, 그 한마디가 얼마나 큰 위로가 되는지 우리는 안다. 그리고 또 때로는 내가 누군가에게 그런 사람이 될 수 있다는 것, 그것이야말로 우리가 이웃과 함께 사는 이유가 아닐까.

마음과 마음을 잇는 관계의 지혜는 멀리 있지 않다. 도움을 청하는 손길을 잡아주고, 묻는 이에게 응답하고, 필요를 채워주려 마음 쓰는 것이다. 기꺼이 내 시간과 정성을 나누는 그 작은 순환 속에서 우리는 서로의 삶을 지탱하는 든든한 이웃이 되어간다.

5장

감사
감사는 행복을 여는 열쇠입니다

"고통 속에서도 감사라는 씨앗은
거대한 생명력으로 싹을 틔운다!"

나의 나됨과 나다움은 주의 은혜

가을 햇살이 유난히 포근하게 느껴지는 아침이다. 차 한 잔을 앞에 두고 무심히 앉아 있다가 문득 '나'라는 존재 의미를 생각해 보았다. 살아온 세월의 갈피마다 새겨진 수많은 삶의 궤적들을 따라가다 보니 내가 지금 숨 쉬고 있는 것이며 당연하다고 여겼던 삶의 모든 것이 당연한 게 아니었다. 그 모두가 더없이 커다란 '은혜'로 다가왔다.

'나됨'은 단순히 나로서 존재하는 것, 있는 그대로의 나를 말한다. 반면 '나다움'이라는 것은 타인의 눈에 비친 내가 아니라, 내 안에서 솟아나는 나만의 가치와 신념, 그리고 진정한 본질을 찾아내는 과정이다. 나다움은 나됨을 기반으로 하되 그것을 넘어서 스스로 부여하는 의미와 방향성까지 담아낸다. 그런 나의 모습을 되새겨 보았다.

어린 시절을 돌아보면, 나됨은 자연스러웠다. 부모님의 품에서 사랑받으며 존재하는 것이 곧 존재의 가치였을 것이다. 하지만 어느 순간부터는 나다움이란 이름의 잣대가 엄격해졌다. 사회적 기준과 타인의 기대 속에서 나를 잃지 않으려 애쓰면서도 자신에게 진실한 길을 찾아 헤맸다.

대학 시절의 연극 동아리 활동 경험이 떠오른다. 배우로 무대 위에 서는 친구, 소품이나 분장을 담당하는 사람, 각본을 맡은 친구, 연출하는 친구 등 각기 역할을 분담했다. 제 맡은 몫을 잘 감당해야 비로소 전체 연극이 빛이 난다.

배우는 '나'가 아닌 대본 속 인물을 잘 연기해야 한다. 소품이나 분장이라고 작은 임무가 아니다. 소품 담당자는 연극에 필요한 것들을 빠짐없이 점검하고 준비해야 하고, 분장 담당자는 배우의 성격에 맞는 분장을 잘해야 한다. 다 배우가 되고 싶어 한다면 그 연극은 성공할 수가 없다. 역할을 충분히 잘 해낼 수 있는 친구가 주인공을 맡아서 연기해야 한다.

난 그때 배우가 아닌 소품 담당이었다. 처음엔 내가 맡은 역할이 시답잖게 여겨져서 좀 불만스러웠다. 그러나 소품이

제대로 갖춰지지 않는다면 연극의 재미와 진수를 제대로 보여줄 수가 없다. 소품 담당을 결코 무시할 수가 없고 소홀히 해서도 안 된다. 그 일로 배우만 중요한 것이 아니라 분담된 역할 모두가 소중하다는 걸 느꼈다. 전체가 조화롭게 어우러져야 성공작이 나올 수 있다. 이런 활동을 통해 내 안에 잠재된 진짜 나다움을 발견하는 창구가 될 수 있음도 알게 되었다. 그때부터 나다움은 나됨에 깃든 고유한 빛을 찾아가는 여정이 되었다.

삶은 예측 불가능한 이야기의 연속이다. 어린 날의 순진한 꿈부터 시작해, 청년기의 뜨거운 열정, 그리고 중년의 끈질긴 인내, 이제는 황혼의 지혜로 빛나는 이 모든 순간이 나를 만들어 왔다. 때로는 나를 짓누르는 듯한 삶의 무게에 지쳐 허우적거리기도 하고, 좌절의 늪에서 헤어 나오기 힘들 때도 있었다. 하지만 돌이켜보면 그 모든 아픔과 시련 또한 나를 단단하게 빚어내고, 미처 몰랐던 나의 강인함을 일깨워 준 소중한 과정이었다. 마치 굳은 땅을 뚫고 피어나는 씨앗처럼 고통 속에서 피어난 작은 깨달음들이 지금의 나를 존재하게 한 가장 큰 감사임을 이제야 알겠다. 모든 순간은 나라는 한 권의 책을 채워 가는 필연의 페이지였으며 역사다.

사실 오랫동안 나는 나의 부족함과 불완전함을 마주하기

어려웠다. 타인의 잣대에 나를 끼워 맞추려 했고, 완벽하지 않은 내 모습에 스스로 실망하기도 했다. 하지만 세월이 흘러 내가 진짜로 마주해야 할 가장 중요한 것은 외부의 시선이 아니라 있는 그대로의 나를 인정하는 것임을 알았다. 주름진 얼굴에 새겨진 시간의 흔적들, 때로는 불안하고 약해 보이는 마음의 조각들까지도 모두 나를 이루는 고유한 빛깔이다. 이 모든 것을 끌어안을 수 있게 된 지금의 평온함은 그 무엇과도 바꿀 수 없는 하나님의 조건 없는 큰 은혜이다. 나의 모든 결점과 상처마저 기도의 눈물 속에 씻겨 주시고, 내 모습 그대로의 나를 사랑해 주시는 주님의 은혜를 깨달았다.

나라는 존재는 결코 홀로 완성되지 않았다. 나를 세상에 오게 하신 하나님과 부모님의 사랑부터 시작해, 함께 웃고 울었던 형제자매, 친구, 그리고 길 위에서 스쳐 지나간 수많은 인연 속에서 나의 의미를 찾고 빛을 발할 수 있었다. 내가 힘들 때 누군가가 우연히 건넨 따뜻한 한마디가, 그 작은 순간이 내게 얼마나 큰 위로가 되었는지 모른다. 내가 누군가에게 작은 위로가 되고 기쁨을 나눌 수 있었던 순간들이 또 다른 은혜였다. 나라는 작은 조각이 숱한 존재들과 어우러져 만들어내는 큰 그림 속에서, 나는 비로소 내 존재의 의미를 깊이 깨닫는다. 타인의 삶에 관심 가질 줄 알고 서로 영향을 주고받으며 자기 길을 가는 삶 역시 소중하다.

'나의 나됨과 나다움은 주의 은혜'라는 제목은 이제 내 삶의 고백이자, 나를 지탱하는 가장 굳건한 믿음이다. 거창한 무언가가 아니어도 좋다. 매일 아침 뜨는 해, 새들이 지저귀는 소리, 따뜻한 차 한 잔의 여유 속에서 나로 살아가는 모든 순간이 은혜임을 발견한다. 이 감사의 마음으로 남은 삶의 모든 여정을 채워나가고 싶다. 그리고 이 이야기가 나처럼 진정한 하나님의 은혜임을 발견하고, 삶의 아름다움을 발견할 모든 이들에게 작은 울림으로 가닿기를 소망한다.

글쓰기가 주는 치유의 힘

나는 나이 들었다는 것을 걸림돌로 생각하지 않는다. 오히려 힘든 일에서나 어떤 책임에서도 비껴있는 셈이니 크게 구애받을 일이 없다. 오롯이 내가 하고 싶은 일을 해보고, 때로는 여유로움도 누리며 원하는 삶을 가꿀 수 있는 좋은 기회다.

내가 블로그 글을 쓰기 시작한 동기는 소통이 필요했기 때문이다. 남편을 떠나보낸 후 반년 정도는 혼자 우두커니 지내는 시간이 많았다. 상실의 아픈 마음을 추스를 얼마간의 시간이 침묵과 함께 흘렀다. 일상의 얘기들을 나눌 상대가 곁에 없다는 게 그렇게 큰 아픔이 될 줄은 몰랐다. 텅 빈 공간에 외톨이가 되어 앉아 있는 게 싫었다. 말이 줄게 되고 발음도 어눌해지는 것 같았다. 갑자기 두려움마저 느껴졌다.

혼자 삼켰던 상실의 아픔은 가둬둘 일이 아니라 풀어내야 했다. 누군가 사람을 만나서 대화를 한다는 건 시간과 장소며 제약이 따르기도 하고 대화의 결도 문제가 될 수 있다. 방해받지 않고 소통할 수 있는 좋은 방법이 없을까 궁리하다가 글을 다시 쓰는 게 좋겠다는 생각을 했다. 혼자 더듬더듬 블로그를 만들어서 글을 올리기 시작했다. 처음에는 어떤 카테고리를 설정하지 않고 그때그때 쓰고 싶은 대로 써서 올렸다. 얼마간 그렇게 올리다가 내가 건선 자연치유를 위한 요리를 하다 보니 치유식, 건강식에 관한 것을 올려야겠다는 생각을 했다.

매일 먹는 음식을 건강하게 먹어야 몸이 치유되고 건강해지는 것은 너무나 당연하다. 어떤 음식이 건강에 좋고 나쁜가를 알아야 건강한 음식을 만들 수 있으니까 자연히 관련한 책을 읽고 공부하게 된다. 처음에는 '건선의 자연치유 파가노 요법'을 하는 카페에 가입하고 단톡방에 가입해서 멘토링을 하면서 독서 모임도 했다. 독서 모임 때 읽은 책이나 내가 찾아서 읽은 건강 서적에 관한 독후감을 블로그에 올렸다.

내 블로그는 자연치유식 건강 레시피가 주가 되니 글만 올리는 게 아니라 음식 만드는 방법이나 과정 사진까지 올리기 때문에 쉬운 일은 아니다. 며칠에 한 번씩 올리던 걸 요즘은 거의 매일 올리고 있다. 글을 올리면서 재미가 없으면 벌써 중단했을 것이다. 5년 넘게 블로그에 글쓰기하고 있는 것은 습관이 형성된 때문이기도 하다. 나만의 삶의 한 부분일 수 있는 것들을 글로 쓰고, 독자들과 소통한다는 것은 나의 존재감이 살아나고 뭔지 모르게 위로를 받는다는 기분이 들기 때문이다.

내 건강을 위해서 요리를 하고 그것을 블로그에 올리며 글을 쓰는 것이지만, 한편으론 어느 누군가에게 도움을 줄 수도 있는 선한 영향력을 끼치는 일이라고도 생각한다. 글쓰는 보람도 느낀다. 글을 꾸준히 쓰게 되면 자신도 글이 쌓이는 만큼 성장한다.

요즘은 브런치 작가로서 브런치북에 글을 올리고 있다. 나는 30년 전에 문단에 데뷔해서 글을 썼고, 수필집도 한 권 낸 바 있다. 그런데도 이런저런 사정을 핑계로 열심히 활동하지는 못했다. 이제 와 돌아보니 후회스럽고 미련도 남는다. 그래서 다시 처음부터 시작하는 기분으로 브런치 작가에 도전해서 글도 올리고, 블로그 글도 꾸준히 쓰고 있다.

글쓰기는 자신과의 싸움이고 자신을 훑어내는 일이며 자신을 바로 세우는 도구이자 성장의 원동력이 된다. 그 가운데

카타르시스가 일어나고 힐링이 된다. 나만 혼자 외롭다고 생각한다면 그 마음을 독백 형식이라도 좋으니 글로 표현해 보기를 권한다. 글은 차분하게 마음을 닦아주고 자신을 치유해 주기도 하며, 사유의 폭을 넓혀서 성숙한 삶으로 이끌어 주는 마법과도 같다.

산책길에선 누구나 철학자요 시인

독일의 하이델베르크를 이십여 년 전에 여행한 적이 있다. 하이델베르크는 아주 목가적이요 아름다운 도시로 유명하다. 하이델베르크 시내를 둘러보고 고성에 올라갔다. 그곳에서 네카강을 가로지르는 다리 건너편 언덕의 '철학자의 길'을 바라볼 수 있었다.

그때가 2월이었는데 눈이 많이 왔었다. 직접 거닐지는 못했다. 눈 온 날 하이델베르크 고성에서 맞은편 언덕배기 철학자의 길을 바라만 봐도 감격스러웠다. 헤겔이며 하이데거를 비롯한 위대한 철학자나 문호들이 그 길을 걸으며 명상에 잠기기도 하고 번뜩이는 영감을 얻었을 것이다. 칸트, 루소, 니체도 걷지 않으면 생각이 멈추게 된다고 했듯이 그 길을 걸으면 절로 영감이 떠오르고 사색의 실마리가 술술 풀려나올 것 같았다.

산책하는 것은 단순한 다리 운동만이 아니다. 그들처럼 많은 깨달음을 얻고 폭넓은 사색도 할 수 있다. 나는 매일 30분 정도 걸으며 산책을 한다. 오늘은 40분간 산책을 했다. 평소보다 10분 더 시간이 걸렸다. 평소 걷던 길에서 조금 벗어나 새로 낸 길로 들어섰다. 새로 놓은 다리도 건너갔다. 눈 녹은 물이 흥건하게 고인 길에선 돌아가기도 했다. 새로운 길에서 사람을 만나는 건 괜히 두렵다. 어쩔까 잠시 생각하다가 되돌아서서 뛰기 시작했다.

안 가본 길에 서면 더 아름다울 것이라는 생각과 호기심도 생긴다. 그 호기심 따라 낯선 길로 들어서는 건 모험도 따를 수 있다. 그런 호기심에서 선택한 길을 끝까지 가볼 용기도 없이 무작정 들어섰다가 되돌아오고 말다니 하는 아쉬움도 있었다. 다리가 놓인 개울가에 오래된 나무가 쓰러져 있었다. 뿌리를 반쯤 드러내었는데 반은 물가에 묻혀 있어서 죽지는 않은 채 비스듬히 누워있었다. 그 비스듬히 누워있는 나무의 모습에서 인간의 일생을 떠올려 보기도 했다. 다 쓴 육신이 힘없이 쓰러져 있는 것에서 쓸쓸함이 묻어났다.

한참을 걷다가 눈에 익숙한 호숫가 저편 언덕 위에 자리한 빈 의자가 궁금했다. 돌아서 그곳까지 가보았다. 잠시 앉아 보았다. 호수와 하늘과 마을 풍경이 들어 왔다. 조병화 시인의 '빈 의자' 시가 생각났다. 내가 앉았던 이 자리도 다음에 올 누군가를 위해 비워놓고 가야겠구나 하고 생각하며 집으로 가는 방향으로 발길을 돌렸다. 앉는 사람이 바뀔 때마다 빈 의자는 그 자리에 잠시 머물던 누군가의 사색의 노트를 읽고 있을지도 모르겠다.

공원엔 죽은 나무들이 많다. 죽은 나무들을 가만히 살펴보면 겨우살이가 많이 달려 있다. 겨우살이가 주렁주렁 달린 나무들은 기생하는 겨우살이에게 영양분을 다 뺏기고 자신은 시름시름 여위어 가다가 끝내는 고사목이 되고 만다. 한국에선 깊은 산속에나 가야 겨우살이를 볼 수 있다. 그걸 따다 차로 끓여 마시기도 하고 밥 지을 때 그 물을 넣기도 한다. 미국에서는 사람들이 이용하는 인근 공원의 나무에 많이 달려 있다. 공원 산책을 하다가 겨우살이 열매가 작은 진주알처럼 달린 걸 볼 때도 있다.

산책길 끝자락에서 만난 민들레꽃들은 며칠 전의 폭설과 영하의 날씨에 죽살이를 치다가 되살아난 걸 표시라도 내듯

부스스한 얼굴을 하고 있다. 옆에는 냉이꽃들이 무더기로 피어 있다. 생긴 모양새로 봐서는 한국의 냉이랑 비슷한데 향이 없다. 뿌리도 가늘어서 먹을 수는 없다. 그래도 냉이꽃 무더기를 보니까 반갑다. 산책길에서 만난 들꽃들이 아직도 저만치 먼 봄 인사를 먼저 보내고 있다. 집 가까이에 자연 탐사와 더불어 산책을 할 수 있는 사색의 보물 창고가 있다는 걸 정말 감사하며 매일 애용할 수 있어서 행복하고 감사하다.

지금 여기 내 삶을 누리기

인생이라는 거대한 흐름 속에서, 우리는 종종 과거의 그림자에 묶이거나 아직 오지 않은 미래의 불안감에 사로잡혀 현재를 온전히 누리지 못할 때가 있다. 마치 발은 땅에 붙어 있는데 마음은 저 멀리 허공을 헤매는 듯한 기분이 들곤 한다. 하지만 긴 세월을 살아오면서 내가 깨달은 가장 큰 지혜는 진정한 삶의 풍요로움과 행복은 저 멀리 이상적인 곳에 있는 것이 아니라, 바로 '지금 여기'에 있다는 것이다. 이 순간 내 숨결이 닿는 곳, 내 눈길이 머무는 곳에서 내 삶을 온전히 느끼고 사랑하는 것이야말로 가장 소중한 일임을 깨달았다.

지금 여기에 집중하며 삶을 누리는 것은 단순히 무언가를 억지로 참는 것이 아니라, 존재의 아름다움을 온전히 인식하는 연습에서 시작된다. 매일 아침 떠오르는 햇살의 따뜻함을 느끼고, 찻잔에서 피어나는 김과 은은한 향기를 음미하며 하루를 시작한다. 자연치유, 다이어트, 힐링 푸드 테라피 식단에 맞춰 정성껏 차린 소박한 아침 식사를 할 때는 한 조각의 채소와 과일에서도 생명의 기운을 느낀다. 이처럼 오감을 열고 현재의 순간에 깨어있는 연습을 통해, 익숙했던 일상 속에서 미처 보지 못했던 새로운 아름다움과 기쁨을 발견하게 된다. 이 과정은 나의 감정을 솔직하게 마주하고 있는 그대로의 나를 받아들이는 자기 수용으로 이어진다. 불완전한 모습마저도 소중히 여기며, 지금의 나를 온전히 사랑하는 것, 이것이 바로 '지금 여기 내 삶을 누리기'의 첫걸음이다.

나의 삶을 온전히 누리는 것은 일상 속 소소한 행복을 찾아 음미하는 것과 같다. 예를 들어, 규칙적인 운동 습관을 만들며 움직이는 내 몸의 활력을 느끼는 순간들, 넓은 공원에 온갖 식물들이 자라며 빚어내는 자연의 신비스러운 기운을 만끽하고 풀벌레 소리며 새 소리에 귀 기울이는 시간이 그렇다. 혹은 화분에 물을 주며 생명의 자라남을 지켜보는 소소한 즐거움들이다. 거창한 목표를 세워 달성하는 것에서만 행복을 찾는 것이 아니라, 스쳐 지나갈 수 있는 평범한 순간들 속에서 의식적으로 기쁨을 발견하고 마음껏 맛보는 것이다. 소소한 일상이 주는 감정의 선물은 산책하다가 풀밭에서 우연히 네잎 클로버를 발견하는 행운처럼, 그렇게 스스로 찾는 자에게 주어지는 가장 값진 보물이라는 것을 깨닫는다.

궁극적으로 '지금 여기 내 삶을 누리기'는 수동적인 삶의 자세가 아닌, 가장 주체적인 태도로 삶을 창조해나가는 과정이다. 글쓰기가 바로 그 역할을 해준다. 글을 쓰고 다듬으며 생각과 경험을 세상에 드러내는 행위는 나의 내면을 탐색하고 나만의 의미를 부여하는 방식이다. 블로그에 운동 습관이나 건강한 식단에 대해 공유하고, 끊임없이 필요한 좋은 글을 읽으면서 나는 나의 삶을 이끌어 간다. 이 모든 창작 활동들은 나이를 넘어 나의 지성과 감성을 확장시키는 즐거움이다. 나다운 방식으로 지금 여기 나의 삶을 살아가는 가장 확실한 증거가 된다. 내가 좋아하는 방식으로 나의 삶을 가꾸고 표현하는 것 자체가 가장 큰 누림이자 행복이다.

'지금 여기 내 삶을 누리기'는 어쩌면 평생에 걸쳐 연습해야 할 가장 아름다운 삶의 기술인지도 모르겠다. 과거의 미련이나 미래의 불안에 붙들리지 않고, 오직 현재의 숨결과 마주하는 용기가 필요하다. 그 속에서 찾은 소소한 행복들을 온전히 음미하며 누려야 내 것이 된다. 나다운 방식으로 삶을 가꾸어가는 주체성이며 이러한 노력이 모여 마침내 우리는 외부 환경에 흔들리지 않는 단단한 내면의 평화와 충만한 행복을 경험하게 된다. 매 순간을 소중히 여기고 사랑하며, 지금 여기에서 피어나는 소담한 행복과 함께 빛나는 내일을 맞이할 수 있으면 좋겠다. 오늘 여기 나는 가장 젊은 역사의 나를 사는 것이다.

감사는 고통을 뛰어넘는다

인생이란 끝없이 펼쳐진 다양한 길의 연속이다. 그 길 위에는 햇살 가득한 평온한 오솔길도 있지만, 때로는 거친 바위산이나 깊은 강을 건너야 하는 고통스러운 구간도 존재한다. 예측 불가능하게 찾아오는 슬픔과 좌절, 상실의 순간들은 우리를 깊은 나락으로 이끄는 듯하다. 하지만 삶을 통해 깨달은 것은, 그 모든 고통 속에서도 '감사'라는 작은 씨앗이 뿌려진다면, 그 씨앗은 기어코 고통을 뛰어넘는 소중한 생명력으로 싹을 틔운다는 사실이다.

어둠 속에서 한 줄기 빛을 찾듯 고통의 한가운데서 감사를 발견하는 일은 쉽지 않다. 당장의 아픔과 절망이 너무 커서 다른 것을 볼 여유조차 없다고 느껴질 때가 많지 않은가. 나 또한 그랬다. 그러나 문득 가장 낮은 곳에 이르렀을 때 비로소 내가 아직 서 있을 발붙일 땅이 있음에, 숨 쉴 수 있는 공기가 있음에, 그리고 여전히 사랑하는 이들의 온기가 남아 있음에 감사를 느꼈던 순간이 있었다.

큰 것을 잃었을 때 오히려 일상 속 작은 것들의 소중함을 깨닫는다. 건강을 잃었던 순간에는 평범하게 걸을 수 있음에 감사했고, 사랑하는 사람을 떠나보냈을 때는 함께했던 아름다운 추억에 감사했다. 고통이 때로는 우리가 미처 인지하지 못했던 보물들을 새롭게 발견하게 해주는 역설적인 안내자가 되는 셈이다. 그 작은 감사의 발견이야말로 고통을 뛰어넘는 첫걸음이다.

감사의 감정은 고통으로 인해 메마른 우리의 마음을 치유하는 강력한 약과 같다. 고통 속에 오래 머물다 보면 우리는 쉽게 분노하고 절망하며 자신을 갉아먹기 쉽다. 그러나 의식적으로 감사할 것을 찾을 때 우리의 시선은 절망에서 희망으로, 결핍에서 풍요로움으로 서서히 옮겨 간다. 예를 들어, 운동하고 몸을 단련하며 신체에 집중하는 동안에 나는 내가 아직 움직일 수 있음에, 새로운 습관을 만들 힘이 있음에 감사함을 느낀다. 이는 부정적인 생각의 고리를 끊어내고, 스스로 회복할 수 있는 자가 치유력을 길러주며, 훼손되었던 자존감마저 회복시켜주는 유익한 경험이 된다. 감사는 마음에 드리운 어둠을 걷어내고, 내면의 평화와 안정을 되찾게 해주는 가장 확실한 길이다.

궁극적으로 감사는 고통을 단순한 시련이 아닌, 우리를 한 단계 더 성숙하고 지혜로운 존재로 이끄는 통로로 바꾸어준다. 아픔 속에서 우리는 삶의 취약성을 깨닫고, 동시에 그 속에서 발휘되는 인간의 강인함을 목격하기도 한다. 감사를 통해 고통의 의미를 되새길 때, 우리는 이전에는 볼 수 없었던 삶의 깊이와 진정한 가치를 발견하게 된다. 이러한 깨달음은 타인의 고통에 더욱 공감하고 이해하려는 마음을 불러일으키며, 세상을 향한 너그러운 시선을 갖게 한다. 고통이 준 교훈에 감사함으로써 우리는 삶을 더욱 의미 있게 살아갈 수 있는 지혜를 얻게 되는 것이다. 아프기 전보다 아픔을 겪고 난 후의 내가 더 깊이 있고 풍요로운 사람이 되어있음을 깨닫게 된다.

죽을병은 아니지만 죽고 싶을 만큼 고통스러운 건선이 내 몸에 생긴 걸 알았을 때 처음엔 몹시 놀랐다. 왜 내게 이런 질병이 왔을까 하는 불평을 내뱉기도 했었다. 그런다고 질병이 낫는 건 아니었다. 그런 고통의 시간 끝에 나는 감사를 찾았다. 이것이 당장 죽을병은 아니기에 감사했다. 정말 감사한 것은 내가 건선이라는 질병을 치료하는 과정에서 면역력이 좋아졌다. 나는 코로나19 펜데믹 때도 코로나에 걸리지 않고 넘겼었다. 수년간 감기 한 번 걸리지 않아서 여간 감사한 게 아니다. 전보다 활력도 생겼다. 건강을 되찾기 위한 공부를 하고 자연치유식을 꾸준히 실천한 결과였다.

감사는 고통을 기적처럼 사라지게 하는 마법은 아니다. 오히려 감사는 고통을 바라보는 우리의 시각을 변화시킨다. 감사는 고통 속에서도 마음의 자세를 달라지게 한다. 삶은 언제나 우리에게 고통이라는 예상치 못한 숙제를 안겨준다. 그럴 때도 그 숙제를 풀며 감사의 마음을 가진다면 그 고통은 절망이 아닌 희망의 자양분이 된다. 감사는 오늘보다 나은 내일을 여는 가장 확실한 열쇠이다.

그럼에도 감사하리

혼자인 시간 속에 앉아 있는 내가 낯설고 집안이 휑뎅그렁하게 느껴진 건 그해 가을 한국에서 남편의 장례 절차를 끝내고 돌아온 직후였다. 서울에 가기 전 미국에서 남편의 환송 예배를 드릴 때까지만 해도 다른 생각을 할 경황이 없었다. 딸네를 비롯해 형제들과 조카들이 와서 얼마간 함께 있으며 힘든 시간을 보냈기에 다른 생각할 겨를이 없었다. 그러나 한국에 갔다가 미국으로 돌아와 문을 열고 들어서니 아무도 없는 집안은 휑하고 썰렁했다. 쌀쌀한 날씨 탓만은 아니었다. 혼자 집안으로 들어섰을 때의 그 느낌은 너무도 싸하고 아렸다. 한국에 잘 다녀왔다고 인사할 사람, 잘 다녀왔냐고 받아줄 그 아무도 없었다. 삐죽삐죽 터져 나오려는 소리 없는 울음을 삼키며 괜히 방마다 문을 열었다 닫았다 했다.

남편과 함께 살던 집인데 혼자 남아 있다는 게 믿어지지 않았다. 아침에 일어나서도 오늘 아침 뭐 해줄까 하고 물어보려다가 '아차, 집안엔 나 혼자구나' 하며 마음을 다잡았다. 말을 해도 들어줄 사람이 없고 내게 말해 줄 사람이 없다. 해야 할 일은 많은데도 밀쳐둔 채 한동안 멍하니 상실의 허함과 애달픔으로 허우적거렸다. 그때부터 나는 혼자 사는 데 익숙해져야 했다. 혼자서도 모든 걸 잘 감당해 내기 위해 지혜로워져야 하고, 용감해져야 했다. 스스로 헤쳐나갈 맘을 굳게 먹어야 했다.

그럼에도 불구하고, 한참 동안 슬픔의 늪에서 빠져나오기 힘들었다. 4년간 희귀암으로 투병하던 남편의 병간호를 하면서 힘들었던 그 시간조차 지워지지 않고 생생하게 살아나곤 해서 괴로웠다. 밤엔 잠을 자다가 다급하게 부르는 소리가 들려서 벌떡벌떡 일어나 거실이며 방을 서성이길 하룻밤에도 몇 번씩 되풀이하곤 했었다. 함께 있을 때의 좋았던 기억들뿐만 아니라 힘든 시간 속에서의 아픈 기억들이 오가며 감정선을 헤집어 놓았다. 잠을 편히 잘 수 없고 아픈 흔적들 속에서 빠져나오지 못한 채 얼마를 지내다 보니 몸무게도 줄었다. 뭔가를 할 엄두조차 나지 않았고, 아무런 의욕도 일어나지 않았다. 일시적으로 공황 장애라도 온 것처럼 우두망찰하고 있기 일쑤였다.

그러다가 남편의 생일 무렵에 남편에 관한 꿈을 꾸었다. 꿈은 생시인 양 선명했다. 남편은 평소 즐겨 입던 회색과 흰색이 섞인 반코트 차림의 모습이었다. 아픈 곳 하나 없어 보이고 온화한 미소까지 띤 아주 멋진 모습이었다. 아무 말도 하지는 않았지만 흠 하나 없이 생시 어느 때보다 온화하고 멋진 얼굴로 잠시 내 앞에 나타났다가 홀연히 사라졌다. 벌떡 깨어나 보니 꿈이었다. 그 여운은 쉽게 가시지 않았다. 그때가 남편이 떠난 지 100일 즈음이었다.

치료를 받으러 다니던 병원의 담당 의사가 더는 치료할 게 없다고 하며 호스피스 병원으로 보낼 것을 권고했을 때 청천벽력 같았었다. 그게 어떤 어려운 상황인지 미처 눈치도 채지 못한 채 호스피스 병원으로 가기보단 내가 집에서 돌보겠다고 했다. 막상 집에서 혼자 맡아 간호하노라니 반 의사, 반 간호사가 되어 24시간 대기하고 혼자 환자를 돌봐야 했다. 혼자서 감당하기가 육체적으로 여간 피곤한 게 아니어서 쉽지 않은 일이었다. 보통 환자를 돌본다고 하면 제때 약이나 식사를 챙겨주는 일만으로도 힘들다고 한다.

남편의 경우는 달랐다. 희귀암이어서 언제 암 부위가 어떤 상황이 될지 모른다. 피가 나거나 할 때마다 수시로 드레싱을 해줘야 한다. 그래서 24시간 대기하고 있어야 했다. 지금 돌이켜 봐도 밤낮없이 혼자 해내야 하는 간호를 내가 끝까지 감당할 수 있었다는 게 믿기지 않는다. 말로 이루 표현할 수 없을 정도로 힘든 상황이었지만 아픈 사람 생각하면 힘들다고 말할 수도 없었다. 마지막까지 묵묵히 감당해 냈다는 것은 잘한 일이라 여겨지고 감사하다. 그 힘든 호스피스 케어를 집에서 혼자 감당한 날짜도 딱 100일이었다.

꿈속 남편은 그걸 기억해서였을까. 떠난 지 100일 즈음에 그 편안한 모습을 잠시 보여주었던 게 내겐 큰 위안이 되었다. 밤에 잠을 자다가도 다급한 부름에 벌떡 깨어나곤 하던 후유증도 곧 사라졌다. 비록 꿈속일망정 그런 평온하고 건강한 모습을 보여준 것은 나더러 이제 걱정하지 말고 혼자 잘 살아가라는 메시지 같았다. 혼자된 것이 여러 가지 면에서 전과 다르고 힘든 상황일지라도 이 모든 게 내 몫의 삶이니 받아들여야 했다.

호스피스 케어를 집에서 혼자 감당했다는 건 무척 힘든 일이었다. 그럼에도 불구하고, 내가 선택한 것은 남편의 마지막 시간을 낯선 호스피스 병원에 혼자 있게 하고 싶지 않았기 때문이다. 잘한 선택이었고, 그토록 힘들었음에도 불구하고 잘 감당할 수 있었다는 건 정말 감사한 일이다.

축복의 시간을 사는 거야

요즘 나는 삶을 되짚어 볼 때가 있다. 인생행로에서 지금이 크게 걱정하거나 애쓸 일이 없는 가장 편안한 시기가 아닌가 하는 생각이 든다. 한창 힘든 시기는 아이들 키우는 때였다. 직장 생활을 하면서 아이들 키우는 일은 여간 힘든 일이 아니다. 딸들이 지금 내가 생각하는 그 힘든 시기를 지나고 있어서 안타까울 때가 많다. 또 돌이켜 보니 시부모님을 모셨던 그때도 힘들었던 시기였다. 10남매의 맏며느리로서 영민하지 못하고 서툰 나 혼자 감수해야 했던 마음앓이가 컸던 건 사실이다.

잠자리에 들 준비를 하던 어느 날, 딸한테서 보이스톡이

왔다. 요즘 들어 딸들과의 대화는 기도에 관한 이야기로 이어지곤 한다. 가족을 위한 기도는 물론, 우리 사회와 나라를 위한 기도가 절실한 때라며 서로 기도하자고 한다. 염려만 하지 말고 모든 것을 하나님께 맡기고, 믿음 안에서 기도해야 한다는 공감대가 모녀 사이를 더욱 살갑게 연결했다.

이런저런 이야기를 나눈 후 딸이 한마디 던졌다. "엄마는 아무 거리낄 것 없으니 이제 축복의 시간을 살면 되는 거예요" 하는 것이었다. 그런 말을 해주는 딸이 더없이 기특하고 사랑스러웠다. 축복의 시간이라니! 삶의 환한 빛이 비치는 것 같은 멋진 표현이라고 생각되었다. 나는 그 말에 깊이 공감하고 감사하며 통화를 마쳤다.

잠자리에 누워서 그 말을 곱씹어 보니, 그 의미가 참 좋긴 한데 내 것으로 삼으려니 약간의 어색함이 느껴졌다. 축복이라는 단어는 '복되기를 빈다'는 뜻이다. 복을 빈다는 것은 조금 이상하게 들릴 수도 있다.

사전에서 축복이란 단어의 의미를 찾아보았다. '앞으로의 행복을 빎'으로 설명되었다. 다른 관점의 정의 중 성경적인 의미가 눈에 띄었다. 그중 하나는 '하나님과 동행하는 삶'이라는 풀이였다. 그렇게 받아들이면 되겠다고 생각하니 마음이 편안해졌다. 하나님과 동행하는 삶이란 일상 속에서 하나님의 인도하심을 받으며 살아가는 것을 의미한다. 그러니 축복의 시간을 사는 것은 단순히 복을 빈다는 것을 넘어, 하나님과 함께하는 삶을 의미하는 것이 포함되어 있으니 얼마나 감사한가.

살면서 다른 사람이 행복하기를 기원하는 삶도 나쁘지 않다. 그러면서 나 자신도 하나님과 동행하는 삶을 살 수 있다면, 그것이야말로 참으로 복된 삶이 되지 않겠는가. 축복의 시간은 우리에게 주어진 소중한 기회이며, 나와 내 주변 사람들, 그리고 이 땅의 모든 이들에게 긍정적인 영향을 미칠 수 있는 시간이기도 하다.

앞으로도 나와 가족의 안녕과 내가 속한 사회와 나라의 안녕을 위해 기도하며 살 것이다. 그 시간의 어느 한 자락이 축복의 시간으로 채워지기를 바란다. 날마다 성경 말씀을 읽고 들으며 기도하는 삶과 감사가 있는 삶을 산다는 것은 축복의 시간이다. 그것은 더 많은 것을 욕심내거나 누리려는 것이 아니다. 주어진 내 삶을 가꾸며 또한 더불어 살고 함께 성장해나가야 한다는 것임을 깨닫는다. 내 삶이 하나님께 기쁨이 되는 삶이라면 내가 축복의 시간을 산다는 것이다. 그것이 내겐 가장 값진 삶이고 감사한 일이다.

두 번째 마흔과 마주하다

한국인의 평균 수명이 80세가 넘었으며, 여든까지 살 때 3명 당 1명이 암 환자라고 한다. 내가 여든 살에 이르고 보니 지금까지 건강하게 살고 있다는 게 여간 감사한 게 아니다. 식단, 스트레스, 운동 등 환경적인 요인과 생활 습관이 건강에 영향을 많이 미친다고 한다. 나는 이 중에서 식단에 관심을 가지고 바른 식생활을 유지하려고 수년 전부터 노력하고 있다. 대부분의 사람이 젊고 건강할 땐 먹거리며 생활환경이나 습관 같은 데 신경을 별로 쓰지 않고 깨닫지도 못하고 산다.

마흔을 맞이할 즈음에는 서른아홉이라고 할 때보다 왜 특별할까? 『마흔, 더 늦기 전에 생각의 틀을 리셋하라』의 박근필 저자는 '마흔, 누군가에게는 인생의 절반을 지나 새로운 전환점을 맞이하는 나이'라면서 생각의 리셋이 필요한 절호의 기회라고 한다. 마흔을 맞이한 저자는 마흔이 되고 보니 마음에 지진이 일어난 것 같았다는 말을 했다. 마음에 지진이 일어난 것 같았다는 말은 내게 긴 여운을 남겨 주었다.

나도 첫 번째 맞은 마흔에서 내 마음을 어디에 둘지 몰라 당황스럽고 혼란스러웠던 기억이 있다. 마흔의 계절이 지나가는 낯선 길목에서 내가 가야 할 길을 묻고 싶었었다. 우울하기도 했고, 자신의 그림자가 드리운 게 초라하게 느껴지기도 했다. 그래서 그때 나의 나다움을 찾겠다는 마음으로 문단에 발을 들여놓게 되었다. 지금 생각해 보면 마흔 즈음에 뭔가 새롭게 해야겠다는 생각이 들었던 모양이다. 내 딴에는 삶의 의미를 자신에게 던지며 리셋했던 것이다.

한 번 올라탄 인생 열차는 쉼도 없이 앞만 보고 달리는 것이다. 인생 굽이마다 아름다운 무늬가 짜지고 군데군데 슬프고 아픈 얼룩무늬도 짜진다. 돌이켜 보니 풋풋한 마흔 즈음에는 유난히 걱정도 많았다. 별것 아닌 문제에도 남모르게 가슴앓이, 나앓이를 했었다. 그때 미리 맞은 인생살이 예방주사로 두 번째 마흔까지 잘 살아냈다는 생각도 든다.

앞으로 내게 남은 계절은 덤이다. 아니, 귀한 선물이다. 그 남은 계절의 길이는 내가 가늠할 수 없다. 그러나 현재 평균 수명이나 100세 인생이니, 120세 인생이라고 하는 기대 수명치를 감안한다면 내게 남은 계절은 스무 번은 남은 셈이다. 그 계절은 내가 지금껏 살아온 계절과는 다를 것이다.

한 번도 걸어보지 않은 길이어서 설레기도 하고 두렵기도 하다. 설렘의 보자기에는 새로운 세상을 살아낼 작은 준비서에 희망이 싸여 있으면 좋겠다. 두려움의 보따리에는 질병과 고통이 싸여 있을 것이다. 설렘이든 두려움이든 그 보따리를 껴안고, 때로는 짊어지고 가야 할 길이다.

두 번째 마흔의 벽을 넘어가더라도 지금껏 살아온 루틴을 지키며 살아갈 것이다. 그 루틴 속에는 몇 가지 중요한 것들을 챙겨야 한다. 첫째는 강건한 마음의 루틴이다. 그 강건함이라는 것에 믿음과 소망을 포함해야겠다. 내 경우는 하나님을 믿는 그 믿음을 지키며 기도하는 것이다. 두 번째는 바른 식생활 루틴이다. 최근에 하는 자연치유를 위한 식단들을 잘 실천해서 건강을 지킬 것이다. 세 번째는 건강한 생활 습관이다. 내가 살아온 생활 습관이 다 좋은 것만은 아니다. 유연성을 가지고 지킬 만한 것만 지키면 된다. 네 번째는 운동 루틴이다. 몸이 약해지면 강한 운동은 할 수 없다. 현재 내가 하는 정도는 그리 무리하지 않기 때문에 스트레칭과 산책은 꾸준히 실천해 나갈 것이다.

덤은 돈이나 대가를 지불하지 않고 얻는 것이기에 더 고맙다. 그러기에 두 번째 마흔 이후 덤의 삶을 소중한 선물로 여긴다. 매일 눈 뜨는 그 자체가 선물이니 감사 기도부터 올리고, 안내서 없는 길일망정 헤쳐나갈 것이다. 지나온 세월 모두가 은혜였고, 오는 세월은 감사의 계절이다.

일상에서 찾는 행복의 조각들

우리는 행복을 멀고 거대한 어떤 것으로 여긴다. 로또 당첨처럼 엄청난 행운, 혹은 평생의 숙원을 이루는 거창한 성취 말이다. 하지만 숱한 세월의 삶을 살아오며 나는 깨달았다. 진정한 행복은 바로 사소한 일상 속에 숨어 있는 반짝이는 조각들을 발견할 때 찾아온다는 것을.

아침에 마시는 따뜻한 차 한 잔의 온기, 창가로 쏟아져 들어오는 포근한 햇살, 공원을 산책하다 만난 이름 모를 작은 꽃 한 송이, 그리고 사랑하는 가족들과 나누는 정겨운 대화 한마디. 이 모든 것들은 사실 너무나 당연하게 여겨져 쉽게 지나쳐

버릴 수 있다. 그러나 잠시 멈춰 서서 이 작은 것들에 집중할 때 비로소 알게 된다. 이 평범한 순간들이 얼마나 특별한 행복의 조각들인지를.

지난 8월 한 달간 뉴욕 딸네 집에 다녀왔다. 집에 도착하니 한 달을 비워 두었던 집이라 집 안팎이 약간은 낯설게 느껴져서 후딱 둘러보았다. 제일 먼저 눈에 들어온 건 앞쪽 잔디밭이었다. 잔디가 궁금했던 건 뉴욕에 가기 두 달 전 경고를 받았던 잔디를 갈아엎고 새 잔디로 교체했었기 때문이다. 떠나기 전까진 스프링클러 나오는 시간 외에도 호스로 매일 물을 줄 수 있었다. 여행을 간 후론 스프링클러에만 의존했기에 어찌 되었을까 걱정이 되었었다. 감사하게도 잔디는 아주 잘 자라고 있었다.

복숭아나무 밑에 복숭아가 여기저기 떨어져 있다. 나무를 살펴보니 달린 게 몇 개 되지 않았다. 그래도 잎사귀 사이사이에 감춰져 있던 복숭아를 샅샅이 뒤져서 먹을 만큼 땄다. 옆집에도 몇 개 나눠 주었다. 잘 씻어서 먹어 보니 입안에 부드럽게 감기면서 단맛이 나고 향이 감미로웠다. 복숭아 철이 좀 지나서 거의 다 떨어지고 몇 개 남지 않은 걸 이파리 들춰 가며 겨우 건진 것이었다. 그들 몇 개 안 되는 거라도 남아 있어서 맛을 볼 수 있다는 게 감사했다. 마치 보일 듯 말 듯 숨어 있는 행복의 퍼즐들을 주워서 맞춰 보는 기쁨처럼 나를 미소 짓게 했다.

해마다 9월이면 꽃무릇이 곱게 핀다. 원래 이름이 꽃무릇이라고 하는 걸 안다. 그런데도 나는 빨간 화관을 화사하게 뻗치고 있는 이 꽃을 볼 때마다 속으로 '상사화'라고 부른다. 얼마 전에 화단을 눈여겨보았을 때만 해도 별 기미가 안 보였다. 잊어버리고 며칠 있다가 나가 보니 드디어 잎도 없이 꽃대가 두 대 쭉 올라왔다. 이삼일 지나니 꽃대에 매달려 있던 꽃망울들이 활짝 피어났다. 아침 햇살 아래 눈부시게 고운 꽃무릇 꽃을 보며 행복이 이 꽃대 위에 날아와 날갯짓하고 있는 것처럼 느껴졌다.

나는 매일매일 숨겨진 보물을 찾는 탐험가다. 아침의 햇살, 복숭아 한 알, 붉게 핀 꽃 한 송이, 이것들이 내 마음 바탕 위에서 반짝인다. 거창한 성취나 극적인 순간만이 행복이 아님을 아는 순간 삶은 경이로운 선물들로 가득 찬 축제가 된다. 오늘도 나는 나의 일상 곳곳에 숨어 있는 선물들을 주워 담으며 내 삶을 풍요롭게 채워나간다.

오늘 하루는 선물이다

매일 아침 눈을 뜨는 순간 나는 "아, 오늘 하루도 내가 살아 있구나. 이건 덤으로 받은 선물이야!" 이런 생각을 한다. 젊은 시절에는 내일이라는 시간이 너무나 당연하게 주어지는 것이라 여겼었다. 살아온 날보다 살아갈 날이 적은 이제는 오늘이라는 시간이 얼마나 귀하고 소중한지 뼈저리게 느낀다. 어제의 끝이 곧 오늘의 시작이 아니라, 끝날 수도 있었던 어제를 넘어 오늘이 다시 주어진 것에 감사한다.

이러한 생각은 나의 하루를 완전히 다른 시각으로 바라보게 한다. 사소한 불평이나 걱정에 매달리기보다는 지금 내 앞에 펼쳐진 모든 것을 있는 그대로 받아들이고 사랑하려 한다. 신선한 공기를 마시고, 따뜻한 밥을 먹고, 멀리 있는 소중한 사람들과 주고받는 카톡 속 대화들, 모든 순간이 선물처럼 느껴진다. 마치 유통기한이 정해진 소중한 선물을 아낌없이 사용하는 것처럼 주어진 시간을 최대한 아름답고 의미 있게 보내고 싶어진다.

오늘 하루는 다시는 오지 않을 단 한 번의 순간이다. 이 사실을 깨달을 때, 매 순간을 소중히 여기고 열정적으로 살아갈 힘을 얻게 된다. 오늘 하루는 덤으로 받은 선물이다. 덤은 값을 내지 않고, 이미 돈을 지불하고 산 것에 공짜로 얹어 주는 것이다. 지금까지 살아온 날들을 생각해 보면 힘들었을지도 모를 그 하루하루가 다 소중했다.

앞으로 살아갈 날은 살아온 날보다 더 소중하다. 그러나 그 길은 예측할 수 없기에 안심할 수가 없다. 내가 모르는 길일망정 하루하루 찾아가야 하고 살아내야 한다. 그래서 지나온 세월을 추억으로 깔고 다가올 미래를 설렘으로 맞이하며, 오늘 주어진 하루를 선물로 받아서 불평 없이 감사하게 살아내야 한다.

선물은 기대하게 된다. 오늘 나는 어떤 선물을 받을까? 설레고 기대된다. 티 안 내고 주어지는 대로 받는 거다. 감사와

기쁨으로 이 소중한 선물을 마음껏 누리고, 사랑하며, 빛나는
에너지로 가득 채워나가고 싶다.

다가올 삶은 감사의 계절입니다

늦지 않았습니다. 오늘이 가장 빠른 날입니다. 오늘이 우리의 가장 젊은 날입니다.

지나온 삶은 추억의 계절이고. 선물 같은 현재는 누리는 계절입니다. 다가올 삶은 감사의 계절입니다. 지난 삶에 어린 아픔이나 시련들을 후회하며 그걸 오늘에 잇대어 살 필요는 없습니다. 알 수 없고 오지 않은 내일을 두려워하여 오늘을 불안하게 살 필요도 없습니다. 문제없는 인생은 없습니다. 오늘 내게 주어진 삶을 감사한 마음으로 받아들이는 겁니다. 문제를 만나면 하나씩 풀고 재구성하고 다시 설계하면 됩니다.

오래 미뤄 두었던 숙제를 꼭 하고 싶은 소망을 안고, 작년 연초에 에세이집을 내겠다는 결심을 했습니다. 그간 문학의 길에서 소원했었기에 서둘렀습니다. 더 늦기 전에 해내고 싶었습니다. 여든에 이른 나에게 선물 하나 하고 싶기도 했고, 인생 후배들에게 뭔가 주고 싶다는 욕구가 집필을 시작하게 했습니다.

대략적인 구상을 하고 쓰기 시작했는데, 생각보다 힘들었습니다. 그러나 마음을 다잡고 한 꼭지 한 꼭지 써나갔습니다. 이만큼 살아낸 자가 인생 후반부를 살아갈 딸들과 젊은 세대들에게 들려주고 싶은 얘기들로 채웠습니다. 인생 선배로서 소중한 삶의 지혜를 글로 녹여내고 싶었습니다. 삶을 풍요롭게 가꾸는 데 꼭 필요한 인생의 축인 '비전, 건강, 위로, 관계, 감사'라는 다섯 가지로 엮었습니다.

마흔에서 쉰을 넘어가는 딸들과 자주 얘기를 나눕니다. 이제는 오히려 딸들에게 배울 게 많고 부족한 엄마인데도 엄마를 지지하며 이런 말을 해줄 때가 있습니다.

"우리가 엄마 나이가 되었을 때 엄마처럼 건강하고 활력 있게 살면 좋겠어요. 엄마는 우리 어렸을 때부터 잘한다고 칭찬해주고, 잘못한 일이 있어도 괜찮다고 안아주며 기도해 주고, 다음에 잘하면 된다고 자존감을 세워 주었어요. 살면서 그게 얼마나 힘이 되고 감사한지 몰라요."

부족한 엄마를 신뢰하며 고맙다고 말하는 딸들이 참 기특하고 사랑스럽습니다.

이런 내 삶의 조각들이 힘든 과정을 거쳐 드디어 한 권의 책으로 엮어졌습니다. 이제 독자들에게 얼굴을 수줍게 내밀고 인사를 합니다. 첫 수필집을 내고 22년 만입니다. 독자를 만날 생각을 하니 가슴 벅차고 설렙니다. 독자들의 사랑과 인정을 받고 싶은 숨길 수 없는 마음 위에 두려움이 교차합니다.

이 글을 쓸 수 있도록 지혜를 주시고 길을 열어주신 하나님께 감사와 영광을 돌립니다.

추천사를 써주신 김종회 평론가, 최원현 수필가, 이정훈 책과강연 대표기획자, 김태한 출판기획자 여러분께 감사드립니다. 이 책을 읽을 독자들과, 용기와 격려를 아낌없이 준 사랑하는 딸들과, 성원해 주신 모든 분들께 고마운 마음 전합니다.

여든이 마흔에게
인생 후반부를 준비하는 다섯 가지 축

지은이 | 김영희
펴낸이 | 박영발
펴낸곳 | W미디어
등록 | 제2005-000030호
1쇄 발행 | 2026년 3월 31일
주소 | 서울 양천구 목동서로 77 현대월드타워 1905호
전화 | 02-6678-0708
E-mail | wmedia@naver.com

ISBN 979-11-89172-62-6 (03810)

값 17,000원